Amilcar Gotti
(Gothi)

Los secretos del Acta

Novela de ficción con datos inverosímiles basada en hechos reales

Nombre del libro: Los Secretos del Acta
Autor: Amilcar Gotti
Diseño de portada: Comunicación Global Design.
Edición y coedición gráfica: Mario Padilla, Diana A. Pérez, Aziyadé Uriarte/Comunicación Global Design.

© 2021 Amilcar Gotti
Primera edición: 2021

ISBN: 978-9962-17-048-8
Panamá, Ciudad de Panamá

DEDICATORIA

A mi madre "Ligia", por estar conmigo siempre, por enseñarme con su ejemplo a luchar por las cosas, por apoyarme y guiarme, por ser la base que me ayudó a llegar hasta aquí. Mamá, algún día tu historia también será contada.

A mi hermana Patricia, quien siempre apoyó a mi madre en mi crianza convirtiéndose en mi segunda mamá. Paty, tu gran corazón me lleva a admirarte cada día más.

AGRADECIMIENTO

Quiero agradecer a mi esposa Ana Cristina por apoyarme en este proyecto y a mis hijos Sebastián y Sabrina por contagiarme de su entusiasmo cuando les hablaba de mi libro.

También quiero agradecer a todos esos hermanos y maestros que he tenido la dicha y fortuna de conocer y de los que he aprendido tanto. Esta vida no será suficiente para agradecerles. Humildemente, este eterno aprendiz.

PRÓLOGO

El 3 de noviembre de 2001, día en que Panamá celebró los 98 años de su separación de Colombia, salió publicada una noticia relevante en el periódico panameño La Crítica bajo el siguiente título: "Alegan que Goti redactó Acta de Independencia". La misma trata sobre una polémica histórica que surgió en 1953 y aún sigue sin resolverse. Incluso lo más curioso es que, pese al paso de los años y la importancia del tema, muy pocos panameños han oído hablar al respecto.

La disputa gira en torno a quién fue el verdadero redactor del Acta de Independencia del Istmo, documento histórico que marcó oficialmente el nacimiento de la República de Panamá el 3 de noviembre de 1903. Y como destaca su título, en la noticia se alega que fue el prócer Ernesto Goti (1861-1917) quien redactó ese texto en su calidad de secretario del Concejo Municipal, cargo que desempeñó entre los años 1893 y 1906.

Así lo declara su nieta, la señora Edith Marcela Cedeño Goti, quien es la única fuente que figura en la noticia. Ella no solo defiende la participación de su abuelo en la confección del documento, sino que también sostiene que la otra versión es totalmente falsa y mal fundada.

Dicha versión señala como autor del acta al doctor Carlos Antonio Mendoza (1856-1916), mejor conocido como el tercer presidente de la República de Panamá.

Explica que en 1953, cuando se conmemoraban los primeros 50 años de la república panameña, la familia Mendoza le entregó al entonces presidente José Antonio Remón Cantera un borrador del acta debidamente enmarcado. Este fue encontrado por Carmen Mendoza, hermana del expresidente, en su residencia ubicada en el barrio de Santa Ana. Un acontecimiento que, según sentencia la nieta de Ernesto Goti, "no tiene ningún valor en la historia de Panamá". La publicación de esta noticia y, en consecuencia, el descubrimiento de esta singular polémica histórica suscitaron varias interrogantes. ¿Quién fue el verdadero redactor del Acta? ¿Se trata solo de un mal entendido? ¿Por qué no existe un pronunciamiento oficial al respecto? ¿Existe interés en esclarecer este hecho? ¿Y cuáles son las verdaderas intenciones que hay detrás de todo esto?

Estas dudas provocaron una investigación personal que ha servido de inspiración para la escritura de esta novela de ficción basada en hechos reales.

CAPÍTULO 1
UNA POLÉMICA
INADVERTIDA

Antonio Goti llegó 15 minutos antes a la cita, pero no se animó a entrar enseguida. Se sentía muy ansioso y no estaba dispuesto a demostrarlo. Así que prefirió esperar en el estacionamiento del restaurante, sentado en su auto, verificando una vez más que había traído todo lo que le habían pedido. Se trataba de una reunión importante: el tercer y último encuentro con la Comisión Entrevistadora e Investigadora para ser admitido en una de las logias panameñas que pertenecen a la masonería, la gran hermandad internacional. Y si realmente quería convertirse en masón, todo debía salir perfecto.

Esperó hasta las 5 pm en punto para cruzar la puerta de El Prado, un popular mesón de 24 horas de la ciudad de Panamá. Al entrar, divisó inmediatamente a los dos miembros de la comisión que, como siempre, se habían sentado al fondo del lugar. Esta vez, había alguien más con ellos. Sorprendido, Antonio detuvo su andar un segundo, que para él fue como un siglo, hasta que uno de los rostros familiares le hizo una seña para que se acercara a la mesa.

—Bienvenido, Antonio. Permíteme presentarte a Roberto Henríquez, él también es un profano que ha tocado las puertas de La Orden. Participará de esta reunión y si pasan la evaluación y logran ser admitidos harán el rito de iniciación juntos.

—Entiendo, no sabía que se trataba de una ceremonia en grupo.

—No lo es, pero algunas veces programamos a dos iniciados o más dentro de una misma fecha. Es solo para ayudarlos, así pueden compartir los gastos del ágape y les resulta menos costoso. Pero luego hablaremos de esos detalles, ahora procedamos con la entrevista. Antonio estrechó la mano de Roberto y se sentó a su lado. Aunque no esperaba tener compañía, muy en el fondo

11.

sintió cierta tranquilidad al conocer a otro "profano", como llaman los masones a quienes no pertenecen a la logia, sobre todo porque tenían más o menos la misma edad: Antonio tenía 23 y Roberto, 25. Así que lo tomó como una señal de buen augurio, sin saber que esa no era la única sorpresa que descubriría durante el encuentro.

El comisionado de mayor edad y jerarquía se limitó a pasar lista de la documentación requerida, mientras que el otro revisaba que todo estuviese "a plomo", que en jerga masónica significa estar en regla. Básicamente este minucioso chequeo protocolar consistía en verificar que los iniciados hubiesen cumplido con todos los pagos correspondientes. En total, entre cargos de admisión, el adelanto de la anualidad y la cancelación de otros menesteres, los profanos desembolsaban alrededor de 1,800 dólares cada uno para participar del rito de iniciación, sin contar con los gastos del ágape que aún estaban por verse.

Para Antonio no fue nada fácil cubrir esa cuota elevada. Su situación económica no era mala pero sí bastante apretada. Contaba con un trabajo modesto dentro del sector hotelero que le permitía solventar sus gastos y aportar en casa. Incluso le permitía hacerse cargo de sus estudios en una universidad privada, que financiaba con la esperanza de convertirse en un profesional y aspirar a un futuro mejor. Aunque, ciertamente, cumplir con el horario de clases era todo un desafío, dados los turnos rotativos en los que debía atender la recepción del hotel. Sin embargo, pese a esas limitaciones el joven se las ingenió y ahorró lo suficiente para pagar hasta el último céntimo que exigía la fraternidad para considerar su admisión. Sin importar lo que pudiera pasar, él estaba decidido a ser masón.

— ¿Se sienten preparados para la ceremonia? —preguntó el comisionado encargado.

— No se preocupen por lo que les sucederá esa noche, todos pasamos por eso. Solo les recomiendo llevar otro par de calzoncillos... ¡Lo van a necesitar! — remató el segundo con una sonora carcajada.

— Tranquilos, ya verán que este será el inicio de un nuevo capítulo en sus vidas.

— ¿Quiere decir que hemos sido admitidos? —preguntó

Antonio— ¿Cuándo ocurrirá la ceremonia?

—Sabrán todo a su debido tiempo —respondió el encargado. Solo si son elegidos, recibirán la información pendiente, con la fecha de la iniciación, el sitio donde los recogeremos y la ropa que deben llevar. Ahora solo resta esperar.

—Ok... —murmuraron los profanos.

—Bien, es todo por hoy. Roberto, por favor, puedes retirarte ya. Me gustaría conversar un segundo con Antonio a solas.

En el rostro de Antonio se dibujó una mueca extraña, mezcla de sorpresa y desconcierto. Roberto, no menos sorprendido, se levantó de la mesa y a duras penas atinó a despedirse con una simple inclinación de cabeza. Acto seguido, el representante de la Comisión Entrevistadora e Investigadora tomó su maletín, sacó un cartapacio rojo vino y lo colocó en la mesa. Luego lo abrió lentamente, develando lo que había en su interior: un recorte de periódico.

—Hace poco salió publicada esta noticia en el diario La Crítica. ¿De casualidad la leíste?

Le extendió la publicación a Antonio y este leyó el título con atención: "Alegan que Goti redactó Acta de Independencia". Luego se zambulló en el contenido del texto en busca de respuestas. Ahí se hablaba de un prócer panameño: Ernesto Goti, secretario del Concejo Municipal entre 1893 y 1906. Según la noticia, él fue el verdadero redactor del Acta de Independencia del Istmo que hizo pública la separación de Panamá de Colombia el 3 de noviembre de 1903, marcando oficialmente el nacimiento de la nueva república panameña. La fuente informativa era una nieta del funcionario llamada Edith Marcela Cedeño Goti. Ella sustentaba que su abuelo fue el autor real de tan importante documento histórico y no el doctor Carlos Antonio Mendoza, otra figura ilustre de la política panameña, como han querido hacer ver los Mendoza desde 1953. Hasta ahí todo le resultaba claro. ¿Pero qué relación podría tener esta disputa histórica con él y sus intenciones de entrar en La Orden? Eso no lo podía comprender.

—No conocía la noticia.

—Salió en una pequeña sección interna, dudo que mucha gente la haya visto, realmente.

—Entiendo.

—Lo importante aquí es ¿tienes algún vínculo familiar con el prócer Ernesto Goti?

—Es probable... Goti es un apellido muy poco común. Pero, lastimosamente, no podría confirmarles esa información.

— ¿Por qué?

Antonio permaneció en silencio antes de contestar. Aunque hablar del tema ya no le causaba ningún malestar ni pena, no había venido preparado para develar frente a extraños aspectos tan íntimos de su vida.

—No tengo mucho contacto con la familia de mi padre. De hecho, siendo sincero con ustedes, a duras penas los conozco.

—Vaya sorpresa... —el representante de la comisión guardó silencio por un momento— pero ¿tienes padre?

—Sí, pero... es como si no existiera. Me crié solo con mi madre.

—Comprendo. Así constará en el reporte, entonces.

—¿Creen que esto podría afectar mi entrada a la logia?

—Bueno... —el representante pensó con mucho cuidado lo que iba a decir para no irse de la lengua— eso no depende de nosotros, Antonio. Pero no creo que haya mayor problema, realmente. Sin embargo, deberías averiguar más por si acaso. Quédate con el recorte e investiga si tienes parentesco con Ernesto Goti. A lo mejor corre la sangre de un prócer panameño por tus venas.

—Ok, lo intentaré.

—Te deseo buena suerte. Espero que la próxima vez que te vea ya seamos oficialmente hermanos.

Antonio salió del restaurante y se encontró con Roberto, que aún seguía afuera parado en la acera esperando un taxi. Este se acercó a saludar y, sin mayor reparo, le preguntó a su compañero qué había pasado allá dentro.

— Nada, solo querían saber algo personal.

Antonio cambió de tema rápidamente

—Hey, ¿qué opinas sobre lo del calzoncillo? ¿Será verdad?

—Ni idea, pero llevaré uno extra por si las moscas. Solo espero que no sea como esas iniciaciones tipo *skulls and bones*.

—¿A qué te refieres?

—¡¿Qué?! ¡¿No has oído hablar de ellos?! Es una sociedad estudiantil secreta en la Universidad de Yale. Muchos presidentes gringos, políticos poderosos y abogados influyentes han sido miembros. Se sabe muy poco sobre lo que pasa ahí adentro, pero lo que he oído de sus ritos iniciáticos es bastante escalofriante.

—Vaya, no sabía que estas cosas ocurrieran —dijo consternado Antonio—. ¿Y crees realmente que algo así pueda pasarnos?

Roberto reparó unos segundos en la evidente cara de sorpresa de su nuevo amigo.

—Dime la verdad, Antonio, no tienes ni idea de en qué te estás metiendo, ¿cierto?

Artículo del periódico La Crítica del 3 de noviembre de 2001, en el que alegan que Goti redactó el Acta de Independencia. Durante su investigación el autor intentó conseguir alguna copia o documento con el borrador que en 1953 la familia de Carlos Mendoza encontró en un tubo de cristal, pero se le informó que este se extravió del museo por tantos cambios de administración. Fuente: Hemeroteca Biblioteca de la Universidad de Panamá.

CAPÍTULO 2
EL CAMINO HACIA
LA ORDEN

La impresión de Roberto no era del todo exagerada. Aunque Antonio desde que era muy joven sentía curiosidad por temas místicos y esotéricos en general, su verdadero interés por la masonería surgió apenas hace poco más de un año atrás. Antes de eso no sabía nada. Y ahora, en medio del proceso de preselección para ingresar a la logia, ciertamente conocía un poco más del asunto. Pero con toda honestidad, tampoco podía decirse que comprendía a cabalidad todo lo que implicaba ser masón. Es más: hasta casi podría decirse que alcanzó las puertas de La Orden gracias a una serie de eventos inesperados, lo que cualquiera juzgaría como un simple producto de la casualidad.

Todo comenzó una tarde después del trabajo. Llegó a casa y para su sorpresa se encontró a Freddie, un viejo amigo de la familia que solía frecuentarlo con regularidad. Y justo había caído de visita aquel día. Al poco tiempo se quedaron viendo la televisión juntos. Y cambiando canales dieron con un reportaje que hablaba sobre el Siglo XXI, todos los misterios y secretos ocultos que traía el nuevo milenio y la relación que todo esto podía tener con el llamado "Final de los tiempos". Recién comenzaba y Antonio lo dejó, no sin antes decirle a su acompañante que a él le llamaban mucho la atención esos temas. Al cabo de unos minutos el narrador del reportaje mencionó un dato que captó la atención de Antonio de inmediato: una de las organizaciones secretas que seguramente conocía todo lo que le deparaba a la humanidad en este nuevo siglo eran los masones.

—¿Y quiénes son los masones? ¿Tú has escuchado hablar de ellos, Freddie?

—Sí, claro. Son una sociedad secreta internacional. Practican ritos ocultos y sus reuniones están llenas de misterio y simbolismo. Solo los miembros saben lo que realmente pasa ahí adentro. Pero, según ellos dicen, su objetivo es la búsqueda de la verdad.

—Guau, suena brutal. Me gustaría mucho entrar en algo así. ¿Sabes cómo lo puedo hacer?

—No, no realmente. Pero... —midiendo cada una de sus palabras— creo que puedo contactarte con alguien que puede ayudarte.

—¿En serio? ¿Tú tienes contactos con masones?

—Mira, Antonio, no sé si deba decirte esto pero confío en ti, solo te pido que no se lo digas a nadie, por favor.

—¿Qué?

Pero Freddie esperó un segundo más antes de contestar.

—Yo soy Rosacruz.

—¿Y eso qué es?

Entonces Freddie dio una explicación muy por encima y sin entrar mucho en detalle. Lo hizo intencionalmente, pues al igual que los masones, los Rosacruces debían regirse por el hermetismo y la discreción. Solo dijo que se trataba de una orden secreta, cuyo propósito es brindarle a sus miembros los medios para vivir en armonía con las fuerzas cósmicas, creativas y constructivas del Universo. Y que ahí en el grupo él conocía a un compañero que también era masón. Por lo que si realmente estaba interesado, él podría preguntarle cómo era el proceso para entrar. Y Antonio le dijo que sí, que le interesaba muchísimo.

El primer intento de Freddie no fue del todo satisfactorio. Sin previo aviso, decidió llevar a Antonio al templo Rosacruz al que él asistía para presentarle a este compañero suyo que él sabía era masón. Pero al tipo no le gustó ni un poquito y se enojó muchísimo ante la sorpresa, pues consideró que había sido un atrevimiento ventilar este aspecto de su vida privada con un extraño y sin su consentimiento. Freddie quedó muy apenado con ambos y le prometió a Antonio que seguiría buscando. Y así fue.

Varios meses después, cuando ya ni recordaba el suceso ni su interés por pertenecer a la organización secreta, Antonio recibió una llamada de su amigo para decirle que finalmente había dado con alguien que sí lo ayudaría a entrar.

— ¿Estás seguro?

—Tranquilo, el tipo trabaja conmigo aquí en la agencia de

aduanas. Le conté sobre tu interés y está dispuesto a ayudarte. Así que no me quedes mal y habla con él.

—Ok...

—Se llama Enrique Sinclair. Le di tu teléfono, te llamará pronto.

Sinclair era un tipo de unos 50 años de edad, robusto, trigueño y de estatura media. Citó a Antonio en un restaurante del bohemio barrio de El Cangrejo y como era su costumbre, llegó primero al encuentro. Comenzó la charla sacando una hoja en blanco de su maletín. Luego la puso sobre la mesa y le dijo al chico que la vida era como esa hoja en blanco y que cada ser humano era responsable de descifrar lo que quería escribir en ella.

Desde ese primer momento, Antonio quedó enganchado a todo lo que el enigmático desconocido decía y hacía gracias a la profundidad de sus palabras y todas las alegorías y metáforas que utilizaba al hablar, además de la cordialidad con la que se conducía. Al poco tiempo, Sinclair reveló que él era masón y, en efecto, podía ayudarlo a entrar a la logia. Pero primero debía conocer los motivos que impulsaban al joven a querer entrar.

—Siento mucha curiosidad, señor. Siempre me ha llamado la atención pertenecer a un grupo como este para tener más conocimiento y aprender.

—¿Pero sabes algo de masonería?

—Muy poco, la verdad. Pero lo que he podido leer e investigar me motiva más y más a querer ingresar en la orden masónica.

Y sin que mediara mayor opinión sobre lo que acababa de escuchar, Sinclair le pasó la hoja en blanco a Antonio y le pidió que escribiera eso mismo, junto con sus datos personales y teléfonos de contacto. Mientras este lo hacía, el veterano masón observaba con mucha atención todo lo que el muchacho escribía. Literalmente no le quitó el ojo de encima al aspirante, provocando que el chico se sintiera muy nervioso e incómodo. La escritura a mano no era precisamente su fuerte. Y no sabía si al final la intensa observación tenía que ver con eso o era parte de algún tipo de evaluación secreta.

Unos minutos más tarde se despidieron. Y Antonio se retiró de aquel restaurante sin saber muy bien qué pasaría después. Muy en el fondo, tenía la impresión de que aquella cita acabaría siendo tan solo una anécdota para recordar y nada más. Pero para su sorpresa, un miembro activo de la hermandad lo contactó al cabo de unas semanas para iniciar formalmente el proceso de entrevistas y evaluación en el que actualmente se encontraba. Y aunque al final las cosas salieron bien, a Enrique Sinclair, misteriosamente, nunca más lo volvió a ver.

Pero al margen de esta serie de eventos extraños que lo llevaron a las puertas de La Orden o de lo que ahora sabía sobre ella, ciertamente era innegable que Antonio, desde que era un niño, se había sentido atraído por el misticismo que se esconde detrás de las cosas. De hecho, dicha conexión mística se gestó en la intimidad de su hogar. Todo gracias a la influencia indirecta, digamos, de su madre. Y fue indirecta porque ella nunca tuvo una real intención de provocarla.

La señora Lidia nació en Colombia, quedó huérfana cuando era apenas una niña y fue criada en un convento de monjas. Llegó a Panamá siendo una mujer joven, dispuesta a hacer una familia con el padre de Antonio. Pero el matrimonio no funcionó y ella acabó sola, en un país que no era el suyo y con dos niños que mantener. Y para colmo de males no contaba con mayores recursos ni con títulos universitarios para conseguir un trabajo. Así que no tuvo más remedio que recurrir a uno de los pocos oficios que conocía bien para sobrevivir y mantener a su familia: el esoterismo. Y desde entonces dedicó su vida a leer el tabaco y tirar las cartas. Ella adquirió los conocimientos gracias a una buena amiga, quien le enseñó todo lo que sabía. Y previo a su ruptura amorosa esos conocimientos los había empleado muy poco, más o menos como un *hobby* y únicamente con amistades de confianza. Fue ante la adversidad que tuvo que recurrir a ello como una fuente de ingreso. Por eso le recalcó a sus hijos hasta el cansancio que solo lo hacía por necesidad. Y se partió el lomo para darles una buena educación, inculcándoles que debían prepararse muy bien para que nunca tuviesen que dedicarse a lo mismo.

Y aunque Antonio lo tuvo muy claro desde el principio, jamás pudo evitar ese embrujo cautivador que sentía por la vocación esotérica de su madre. Así ella no lo quisiera, el influjo fue inevitable. Al fin y al cabo desde chiquitito se vio envuelto en un ambiente místico, rodeado de velas, humo de sahumerio y tabaco. Creció viendo a personas extrañas acudir a su casa para que Lidia les pronosticara con ayuda de las cartas todos los secretos que les deparaba el destino. Ante sus ojos, su madre tenía un don muy especial. Y eso a él le despertaba orgullo y fascinación. Después de todo, ella era la persona que él más amaba. Y también lo único que tenía en el mundo.

Hoy la circunstancias han cambiado: Antonio ahora es un hombre que puede tomar sus propias decisiones. Y sin embargo, la opinión de su madre sigue teniendo un peso rotundo e inimaginable en su vida. No en vano está muy preocupado, ya que en el fondo sospecha que Lidia no verá con buenos ojos que él haya decidido ser masón. Y no se equivoca.

CAPÍTULO 3
LA DURA
CONFRONTACIÓN

Luego de la reunión de aquella tarde en el restaurante El Prado, Antonio subió a su auto y fue directo a su casa. Sentía gran urgencia por resolver todas las inquietudes que daban vueltas en su cabeza. ¿Quién era ese tal Ernesto Goti y qué relación tenía este personaje histórico con él? ¿Y por qué los masones tenían tanto interés en saberlo? El reciente descubrimiento de esa noticia lo había dejado muy confundido y solo conocía a una persona que podía ayudarlo a descifrar el enigma aunque, ciertamente, no se sentía del todo convencido de acudir a ella.

Apenas entró al departamento que habitaba con su familia, en el edificio Poli de la avenida Justo Arosemena, corregimiento de Calidonia, se encontró a su madre sentada en el sofá de la sala. Ni bien la vio ahí, cruzada de brazos y mirándolo fijamente en silencio, tuvo la sensación de que ella ya lo sabía todo y estaba ahí esperándolo para hablar del asunto. Una impresión que se cimentaba con creces en el intenso olor a humo de tabaco que dominaba el ambiente. Pensó que, de seguro, Lidia había fumado uno para consultarlo y ahora sospechaba algo. Después de todo, predecir el futuro era lo mejor que su progenitora sabía hacer. Y esta no sería la primera vez que ella lo sorprendería adivinando lo que le estaba pasando.

—Mijo, ¿usted está bien?

—Sí, mamá, ¿por qué?

—Usted sabe que puede contarme si le pasa algo...

—Claro, gracias.

—Entonces déjese de rodeos, que hace un ratito tuve un presentimiento y tiré las cartas. Ahí me salió usted en una reunión, rodeado de hombres mayores. Pero usted salía atribulado por algo. Así que dígame qué fue. ¿Está todo bien en el trabajo?

Entre la espada y la pared, Antonio entró en materia sin darle mayor vuelta al asunto intentando así de paso quitarse de encima el gran peso que le provocaba el tema. Sacó del bolsillo de su camisa el recorte de periódico que le habían entregado hace apenas una hora aproximadamente y se lo extendió a Lidia. Ella leyó en silencio toda la noticia. Y al terminar levantó la mirada para contarle a su hijo lo que sabía.

—Ese señor era tu tatarabuelo. Tu padre nunca habló de él, creo que ni le importaba, como tantas otras cosas... Pero a tu abuelo sí y mucho. Recuerdo que al llegar de Colombia vivimos un tiempo con él mientras encontrábamos un sitio donde acomodarnos. Y a cada rato mencionaba a su abuelo el prócer, don Ernesto Goti, y me contaba lo importante que había sido para la historia panameña.

—¿Por qué nunca me lo dijiste, mamá?

—Eso fue hace mucho tiempo, mijo. Ya ni me acordaba, la verdad. Y además, ¿para qué?

—Bueno, al parecer fue un tipo importante. Y yo apenas acabo de enterarme de que existió y es uno de mis antepasados. ¡Y todo gracias a una noticia!

Guardó silencio por un segundo.

—Créeme, hubiese preferido saberlo por ti antes.

—Mire, Antonio, cuando su papá nos dejó yo traté de seguir adelante como pude, sin pensar demasiado en su existencia ni en nada que tuviese que ver con él. Además, los Goti tampoco aparecieron aquí preguntando por usted para saber cómo estaba o si le hacía falta algo. ¿Por qué debía yo mantener vivo su recuerdo si a ninguno de ellos le importó hacerlo?

—No te juzgo, mamá. Te quiero más que a nadie en el mundo y tú lo sabes. Pero... vaya, me hubiese gustado que me lo contaras.

—Lamento si mis decisiones lo han afectado, mijo. Pero solo hice por usted y su hermana lo que pensé que era correcto.

Antonio guardó silencio durante un minuto, calibrando los nuevos detalles de este gran misterio de su vida del que apenas se estaba enterando.

—¿Y qué hay de esa polémica histórica sobre el Acta de Independencia de 1903? ¿También estabas enterada de eso?

—Sabía poco y nada, la verdad.

Y luego de una breve pausa agregó:

—¿Y usted qué interés tiene en eso, Antonio? ¿Cómo se enteró de esa noticia?

Al joven Goti se le hizo un fuerte nudo en la garganta. Solo tenía dos opciones: inventar una excusa y mentirle a su madre, como también ella le había mentido durante todos estos años, o aprovechar el momento para encararla y decirle, de una vez por todas, el secreto que le ha estado ocultando durante los últimos meses. Total, aunque intuía que aquello no acabaría bien, sabía que tarde o temprano se lo iba a tener que contar. Así que optó por confesarle que se encontraba en el proceso de admisión para convertirse en masón. Y que fue precisamente un miembro de la logia, de mayor jerarquía, quien le había entregado el recorte del diario para que investigara, ya que antes de admitirlo desean saber si la sangre de un prócer panameño corre por sus venas.

Para la señora Lidia fue como si le hubiese caído un balde de agua fría. Como era de esperarse, tomó muy mal la noticia.

—¡Mijo, pero eso no puede ser! Yo no lo eduqué para que acabara metido en una de esas sectas.

—Ya soy grande y sé lo que quiero hacer con mi vida.

—Tiene que abrir los ojos, Antonio. Entienda, mijo, que está cometiendo un grave error. Peor aún, ¡una herejía!

—Ay, por favor, ¡si tú eres bruja!

—Tengo un gran temor de Dios y usted lo sabe. Y si él me castiga por dedicarme a esta vida aceptaré mi condena tranquila, porque sé que solo lo hice por ustedes. ¡Pero no quiero que mis hijos vayan al infierno!

—No sabes de lo que estás hablando.

—¿Ah, no? Dígame a ver, pues ¿y es que acaso usted sí sabe todo lo que en verdad pasa dentro de esas organizaciones secretas?

—Con lo poco que sé me basta y sobra, mamá. Y punto ¡ya está!

Antonio y Lidia se quedaron en silencio durante un minuto, intentando calmarse un poco. No estaban acostumbrados a discutir de ese modo.

—Haga lo que quiera, Antonio. Al final es su vida. Pero no puedo evitar sentirme defraudada.

25.

—Pues lamento mucho decepcionarte, pero la decisión ya está tomada. Si paso la evaluación y soy admitido me convertiré en un masón. Te guste o no.

CAPÍTULO 4
TRAS LAS PISTAS
DEL MISTERIO

Ahora que se había confirmado su parentesco con Ernesto Goti, Antonio solo podía pensar en una cosa: averiguar todo sobre su tatarabuelo y descifrar el misterio alrededor del Acta. Prácticamente se convirtió en una obsesión que ni él mismo podía comprender. Era como si su vida se hubiese transformado de la noche a la mañana en un enorme rompecabezas al que le hacía falta una pequeña pieza muy importante para completarse. En cualquier caso así se sentía.

Y no era para menos. Durante toda su vida, este chico de 23 años había tenido una relación muy distante y sombría con su padre, un tipo ausente al que prácticamente ni conocía a pesar de que estaba vivo. A tal punto estaba roto ese vínculo que él mismo solía considerarse como "el hijo de una viuda". Hasta que de golpe y sin previo aviso, de ese hueco que siempre ha estado en su vida como una sombra ha surgido un miembro del clan Goti, que fue un hombre ejemplar y dejó su huella en la historia panameña. No solo eso: se trata de un familiar directo suyo, cuyo legado está en entredicho y corre peligro de desaparecer. Ante estas circunstancias, era lógico que Antonio sintiera deseos de conocerlo y acercarse a él, así solo fuera a través de su historia. No necesariamente para mejorar ahora la relación con su padre, pues puede que para eso ya sea muy tarde, pero sí para llenar, aunque sea de forma simbólica, ese vacío que ha provocado su ausencia.

Por eso contactó a un ex compañero del colegio al que le tenía cierta confianza para que le ayudara. El chico estudiaba periodismo y justo estaba realizando una práctica profesional en La Crítica, el periódico tabloide donde había salido la noticia sobre el Acta. Su plan era sencillo: pedirle a su amigo que le consiguiera el contacto de la señora Edith Marcela Cedeño Goti, nieta de Ernesto Goti y la única fuente que figuraba en el reportaje, para luego contactarla y hacerle algunas preguntas.

—A ver, querido Antonio, ¿qué estás tramando?

—No, nada hermano. Solo vi la noticia y me llamó la atención el parentesco del apellido. Y me da curiosidad saber si somos familia.

—Mmm… está bien te ayudaré a conseguir su teléfono, pero cuidado con alguna vaina, bueno pues.

—¿Por qué lo dices? ¿Crees que será peligroso?

—No, tonto. Lo digo porque en el periodismo esto del manejo de fuentes es delicado. Así que no quiero líos.

—Tranquilo, es solo una investigación personal, nada más.

Un par de días después Antonio consiguió el contacto de la nieta del prócer. Y sin pensarlo dos veces, le marcó enseguida. Según sus cálculos, ella bien podría ser su tía abuela, pero prefirió no ahondar en esos detalles. Así que ideó un plan para evitar tener que darle explicaciones personales y procurando, al mismo tiempo, no levantar mayores sospechas. Se hizo pasar por un periodista independiente de apellido Quintero, interesado en investigar a profundidad el misterio del Acta de 1903 que envuelve a la figura de Ernesto Goti. La señora más que encantada aceptó recibirlo en su casa para concederle una entrevista.

Al llegar a la cita, lo primero que notó Antonio es que entre él y Edith no había gran parecido físico. Y esto le dio mucha tranquilidad, pues cabía la terrible posibilidad de ser descubierto. También le llamó la atención que esta mujer, de aproximadamente 60 años, se encontraba sola en su hogar ubicado en el corregimiento de Don Bosco. Era una vivienda típica de los viejos barrios de clase media panameña: amplia y confortable, pero sin mayores lujos ni pretensiones. Un entorno más bien modesto, comparado con lo que el infiltrado había imaginado.

—¿Hace mucho que vive aquí?

—Prácticamente toda mi vida.

—¿Y tiene usted familia?

28.

—Soy viuda desde hace unos cinco años. Y tengo una hija. Ella vive conmigo, pero está en el trabajo ahorita. Por eso preferí reunirme con usted a esta hora para poder hablar en paz.

—¿Por qué lo dice?

—Bueno, a ella no le gusta que yo hable de Ernesto, dice que solo agarro rabias y no resuelvo nada. Y en el fondo, seguro tiene razón... Pero dígame usted ¿qué hago, entonces? Si yo también me olvido del tema, ¿quién le hará justicia a la memoria de mi abuelo?

Edith arrancó su relato, brindándole a Antonio algunos datos relevantes de la vida del prócer que encontró en una biografía redactada por el historiador panameño César del Vasto. Ahí se indicaba que, además de político, Ernesto Goti fue empresario y cursó estudios en Francia y Jamaica. En la gestión pública se inició como diputado principal de la Asamblea Departamental en representación de la Provincia de Panamá en el año 1898. Luego ocupó el puesto de secretario del Concejo Municipal de Panamá, ente que proclamó la separación de Panamá de Colombia el 3 de noviembre de 1903 y declaró formada la Junta Provisional de Gobierno. También fue elegido presidente del Consejo del Distrito Capital en 1907. Y se destacó finalmente en otros roles importantes, como secretario del presidente Manuel Amador Guerrero, secretario de Hacienda y primer liquidador de impuestos de la Tesorería General de la República en 1916.

—¿Y qué puede decirme sobre esta polémica en torno al verdadero redactor del Acta?

—Pues lo mismo que le he dicho a todos los periodistas: mi abuelo, don Ernesto J. Goti, fue quien redactó ese documento.

—Pero los Mendoza dicen lo contrario.

—¡Esas son puras mentiras! Ellos alegan que fue el doctor Carlos Antonio Mendoza quien la escribió, pero es falso. Ni siquiera tienen pruebas.

—También lo dicen los libros de historia y textos oficiales.

—Y es precisamente por eso que debemos corregir esta gran confusión ¡de una vez por todas!

—Por favor, cálmese, señora. Espero no estarla importunando con todo esto.

—No te preocupes, hijo. Es toda esta injusticia la que me hace sentir tan impotente. Ya no sé ni qué hacer.

Un poco más calmada, la señora procedió a explicarle a Antonio el origen de la polémica. Todo comenzó en 1953, cuando el país se sumergió en la gran celebración de los primeros 50 años de la nación panameña. Y en ese contexto, el presidente de la época, el comandante José Antonio Remón Cantera, recibió de la familia Mendoza un borrador del Acta de Independencia del Istmo, el documento que oficializó el nacimiento de la República de Panamá tras separarse de Colombia. Según su versión de los hechos, dicho borrador fue encontrado por la hermana del ex presidente Carlos A. Mendoza en su residencia ubicada en el barrio de Santa Ana.

—Y para usted esto no prueba nada.

—Por supuesto que no. Si el doctor Mendoza en verdad redactó el acta, ¿por qué no la firmó junto a los miembros del Concejo Municipal? Es más, su nombre ni siquiera figura en el Acta. Y tampoco está presente en las fotos históricas que documentan el momento de la firma. Sin embargo, ¡Ernesto Goti sí aparece!

—Es muy raro, la verdad. ¿Y qué intenciones pueden tener los Mendoza para inventar todo esto?

—Mire, joven, yo tengo una teoría...

Y bajando el tono de voz dijo

—Pero primero apague la grabadora. Mejor se la cuento *off the record*. Y le voy a pedir que no me cite ni use el dato sin confirmarlo antes, ¿ok?

—Claro que sí, Edith. Pero dígame, ¿qué es lo que pasa?

—Hace algunos años hablé sobre esto con un historiador muy importante, cuyo nombre prefiero no revelar. Él me dijo que toda esta "confusión" no es más que una disputa de poder y que detrás de ella lo que realmente se esconde es una conspiración masónica.

Antonio sintió que el piso bajo sus pies se derrumbaba en mil pedazos, cayendo en un abismo que parecía no tener fin.

—¿Y por qué los masones estarían metidos en esto? ¿Acaso Ernesto perteneció a la hermandad?

—No que yo sepa, no

Hizo una pausa y miró alrededor de la sala antes de seguir,

30.

como si sospechara que alguien la estuviera escuchando

—Pero el expresidente Carlos A. Mendoza sí. Fue un miembro de alta jerarquía en los inicios de la Gran Logia de Panamá. Y entiendo que por ahí va el asunto... no sé mucho más, pero es como si quisieran favorecerlo de alguna forma.

—¿Está usted segura?

—¡Ojalá pudiera probarlo! Así al menos mi familia dejaría de tratarme como una vieja loca, a la que nadie le hace caso.

—Por favor, no diga eso.

—Mire, joven, yo no sé qué interés persigue usted involucrándose en este asunto, pero por alguna extraña razón me inspira confianza. Así que le voy a pedir un gran favor: si realmente le importa el tema, prométame que no descansará hasta descubrir toda la verdad.

—Haré todo lo que pueda, señora.

—Investigue a fondo y aclare este malentendido histórico. Pero no por mí, hágalo como un acto de justicia en favor de Ernesto Goti, el prócer olvidado.

31.

CAPÍTULO 5
EL INICIO DE
UNA AMISTAD

Tres días más tarde Antonio recibió una llamada telefónica muy importante en la que le notificaron que había sido admitido en La Orden. También le proporcionaron la fecha y hora en que se celebraría el rito de iniciación, más todos los detalles de la ceremonia. Incluyendo el número de contacto del joven Roberto Henríquez, el otro aspirante al que conoció el día de la última entrevista. Le confirmaron que él también había pasado el proceso de evaluación y al final, como ya les habían avisado, realizarían la iniciación juntos.

Antonio tomó la noticia con mucha ecuanimidad y cautela. No cabía duda de que, en el fondo, seguía interesado en ser un miembro masón. Pero también era justo decir que su impresión de la logia y todo lo que verdaderamente pasaba dentro de ella había cambiado un poco en el transcurso de la última semana. Sobre todo, considerando la teoría que le compartió Edith, señalando que los masones podrían estar detrás de la conspiración contra su tatarabuelo.

Si era cierto eso aún estaba por verse. Pero claramente lo había afectado, pues ya comenzaba a sentir que no podía confiar en nadie y ni siquiera había puesto un pie adentro. Justo por eso guardó silencio cuando lo llamaron aquella tarde. Decidió mejor no revelarles que había descubierto que sí era familia de don Ernesto. Es que no tenía claro para qué querían ese dato o de qué forma podían utilizarlo. Y la verdad fue que ellos tampoco volvieron a preguntarlo, por lo que prefirió dejarlo así.

Lo que sí hizo fue llamar a Roberto apenas pudo para felicitarlo por el ingreso y coordinar los detalles del ágape. Pero decidieron mejor no hablar de ese asunto por teléfono y quedaron en reunirse durante el fin de semana para tomar unas cervezas y conversar, ahora que oficialmente iban a ser "hermanos". Este era el término que utilizaban los miembros de la logia para llamarse entre sí. Y aunque Antonio no estaba muy seguro ahora de estar entrando en una verdadera hermandad, había algo de Roberto que le inspiraba cercanía. A simple vista, y pese a lo poco que sabía de él, le daba la sensación de que era un buen tipo, sencillo y transparente. O quizá era simplemente una ilusión producto de la casualidad, de la que muy en el fondo quería convencerse, pues no podía negar que el hecho de iniciarse juntos en este nuevo camino lo llevaba a pensar que entre ellos florecería una buena amistad, por lo que no le incomodaba del todo referirse a él como un nuevo hermano.

Por sugerencia de Antonio se encontraron en la entrada del Casco Antiguo, el barrio colonial de la capital panameña de gran atractivo turístico y un sitio muy popular por tener una vida nocturna agitada y concurrida. Una vez ahí decidieron ir caminando hasta uno de los bares apostados en la Plaza Herrera, en la esquina de Calle Novena y Avenida A, bastante cerca del templo de la Gran Logia de Panamá, ubicado en la Calle 13, precisamente el sitio donde ambos jóvenes vivirían dentro de pocas semanas su iniciación.

—El edificio fue inaugurado el 7 de marzo de 1925 —aseguró Roberto con una cerveza en la mano y dando cátedra de su conocimiento—. Se construyó muy rápido, en tan solo siete meses después de colocada la primera piedra.

—Man, ¿cómo sabes tanto?

—¡Porque es una historia fascinante! La construcción fue encomendada a la firma Grebien & Martin, propiedad de Ferdinand Grebien y Louis Martinz, ambos maestros masones operativos y especulativos, miembros de la Logia Unión No 7. ¡Imagínate!

—Pareces una enciclopedia andante, de verdad.

—Está bien... ¡soy un poco nerd! En vez de salir a rumbear me gusta estudiar y aprender. Además, soy arquitecto, por eso sé de estas cosas.

—¿Ves?

—Bueno, Antonio. ¿Y qué pretendes? Para ser masón hay que saber bastante.

—Sí, lo sé... me voy a poner las pilas, ya vas a ver. Y tú, ¿cómo quedaste metido en la masonería?

—Siempre me ha interesado el tema por herencia de mi padre, supongo. Él también es masón, pero... me cuesta un poco hablar de eso.

Roberto guardó silencio por unos segundos

—Crecí solo con mi madre. Y a él, la verdad, es que casi no lo conozco.

—Vaya, qué casualidad: Yo también soy el hijo de un padre ausente.

—¿En serio?

—Sí, pero no creo que eso haya influido en mi decisión de ser masón, aunque quién sabe... La verdad, Roberto, es que toda mi vida he sentido que no encajo en ningún sitio. Y quizá te parezca tonto, pero, muy en el fondo, pertenecer a un grupo como los masones me llenaba de ilusión.

A partir de ese momento el vínculo entre estos dos nuevos amigos se hizo más fuerte. Y así, entre cervezas y anécdotas, compartieron toda la noche, mientras las horas pasaban volando y ellos iban descubriendo todo aquello que tenían en común. Y aunque los cuentos de Roberto eran bastante singulares y disparatados era evidente que sabía mucho y por eso a Antonio le resultaba muy interesante y nuevo todo lo que su compañero decía. Más importante aún, sentía que podía confiar en él. Tanto así que, motivado por un fuerte impulso de soltar el gran conflicto que cargaba por dentro, le confesó a Roberto todo sobre Ernesto Goti y el misterio del Acta.

—Eso fue lo que te preguntaron en privado aquel día en que nos conocimos, ¿cierto?

—¡Exacto!, pero no sé para qué quieren esa información.

—Bueno, si la teoría del complot contra tu tatarabuelo es cierta tendrás que manejar este asunto con mucho cuidado.

—¿Y tú realmente crees que los masones puedan estar detrás de todo esto?

—¡Por supuesto!

—¿Y para qué?

—Digo, no puedo confirmarlo. Pero en la masonería hay todo tipo de gente y se manejan muchos intereses, así que no me extrañaría ni un poquito que fuese cierto, Antonio.

—¿Y del expresidente Carlos A. Mendoza manejas información?

—Pues más o menos lo que ya sabes: fue un masón muy importante, además que fue el primer presidente de color en la República de Panamá. Si no me falla la memoria solo estuvo en la presidencia siete meses, pues tuvo que ocuparla luego de la muerte del presidente José Domingo de Obaldía.

—Interesante, no sabía que ocupó el cargo por tan poco tiempo.

—Sí, inclusive escuché alguna vez que tenía muchos enemigos. Los norteamericanos, por ejemplo, no gustaban de él y desde su embajada dirigían acciones contra Mendoza mientras ocupó el cargo. Fue abogado liberal y defendió a Victoriano Lorenzo ante los tribunales.

—Mmm... Mejor será tener cuidado entonces, porque obviamente pretendo llegar al fondo de todo esto. Lo malo es que no he conseguido ninguna prueba ni tengo una idea clara de cómo seguir con la investigación.

—¿Oye y has ido a preguntar al Palacio Municipal?

—No, ¿por qué?

—¡¿Cómo que por qué, hermano?! Ahí seguro tienen información. Mira, yo conozco a alguien que trabaja ahí. Capaz y él puede conseguirnos una cita con el actual secretario para que te presentes y hables con él. Si tú quieres, mañana mismo le hablo.

CAPÍTULO 6
UNA LUZ AL
FINAL DEL TÚNEL

Antonio fue recibido días más tarde en la oficina principal del Palacio Municipal, sede del Concejo Municipal de Panamá. Incluso fue atendido personalmente por el secretario general, tal y como Roberto lo había prometido.

—Todo esto que me cuentas me parece un disparate, Antonio. Como secretario, no cabe duda de que debió ser Goti quien redactó ese documento.

—¿Está seguro?

—¡Claro! Es más, cuenta con mi apoyo para aclarar este terrible malentendido. De momento puedo mandar a emitir un documento que certifique que Ernesto Goti fue el legítimo y único redactor del Acta.

—Eso estaría muy bien. Pero dígame, ¿usted cree que sería posible darme acceso a los archivos originales del Concejo? Sería solo para ver si encuentro algún motivo o indicio que pueda aclararnos el origen de esta polémica confusión.

—Cómo no, Antonio, haré todo lo que esté a mi alcance para ayudarte con eso. Hoy no va a poder ser, lastimosamente, pero cuando vengas a retirar la certificación que te he ofrecido te tendré una respuesta. Capaz y para ese mismo día te consigo el acceso y puedes chequear lo que necesitas. ¿Te parece?

—Muchas gracias, señor secretario. Es usted muy amable.

—No, hombre, si no es nada. Quédate tranquilo que nosotros te avisamos. Pero ya que estás aquí ¿te gustaría entrar un momentito al salón principal del Palacio? Es donde sesiona el Concejo y ahorita está desocupado. Ahí encontrarás muchos objetos de valor histórico que de seguro te van a interesar.

Antonio aceptó la invitación. Entró al salón principal con sumo cuidado, casi en puntillas, cual si fuese un intruso que pretende husmear en silencio y sin ser advertido. En realidad no tenía necesidad de ir con cuidado, ya que, en efecto, el sitio estaba vacío y además tenía permiso de estar ahí. Sin embargo, el peso histórico del recinto imponía mucho respeto. Y ante la extraña naturaleza de su investigación prefirió mejor andar con sigilo.

Se paseó por el salón contemplando la belleza arquitectónica del lugar; así como cada uno de los cuadros y fotos históricas que allí se encontraban. Entonces notó que arriba y cerca del techo, decorando la parte más alta de las paredes de la cámara, estaban los rostros de los llamados próceres de la patria, tallados en piedra y pintados de color bronce, cada uno identificado con su respectivo nombre y apellido. El hallazgo lo llenó de entusiasmo. Examinó cada una de esas figuras esculpidas hasta dar con la que representaba a su tatarabuelo. Así pudo verlo por primera vez, después de varios días investigando sobre él. Y sintió que finalmente la vida le estaba dando la oportunidad de conocerlo.

Entonces una extraña sensación le invadió todo el cuerpo al darse cuenta de un detalle: los apellidos de todos los otros individuos que se encontraban representados en aquel fastuoso salón aún ostentaban algún tipo de relevancia dentro de la sociedad panameña, ya sea en el ámbito político o empresarial. Pero los Goti no.

—Ay, Ernesto ¿qué habrás hecho para que hayan borrado tu recuerdo de los libros de historia? O quizá, más bien, ¿qué te habrás negado a hacer?

Luego, unos pasos más adelante, vio colgado en la pared un documento antiguo que llamó su atención: era el Acta de Independencia de Panamá que oficializó el nacimiento de la república en 1903. No lo podía creer. Justo el documento que tanto le había robado el sueño en las últimas semanas. Y clara como un sol de verano, solita y al final del documento, destacaba la firma de don Ernesto J. Goti bajo un título que lo identificaba como "El secretario del Concejo". Al lado también se encontraba una foto de grupo en la que se retrataba a todos los firmantes del Acta. Y ahí también estaba su tatarabuelo.

Por las dudas revisó hasta el cansancio en todo el salón buscando algún detalle o información que corroborara lo contrario. Pero fue en vano: tal y como su tía abuela ya se lo había comentado, en ningún sitio figuraba ni un solo registro siquiera de la presencia de Carlos A. Mendoza en aquella fecha histórica. Solo entonces tuvo la leve impresión de que este enigma que ahora trataba de descifrar era mucho más grande de lo que él podía imaginarse. Y no se equivocaba.

CAPÍTULO 7
EL GRAN DÍA

Pasaron las semanas y finalmente el gran momento esperado había llegado. El reloj marcaba las 7 pm en punto. Y una intensa luna llena iluminaba el despejado firmamento, cuando Antonio y Roberto se encontraban frente a las grandes puertas del templo masónico de Calle 13, en el viejo barrio de Santa Ana. Estaban a punto de entrar para vivir su iniciación. Y aunque ninguno se lo había confesado al otro, ambos jóvenes estaban muy ansiosos y terriblemente nerviosos. Habían imaginado este día muchísimas veces. Pero ahora que ya no había vuelta atrás no sabían qué esperar ni cómo debían sentirse. Estaban en blanco, literalmente, pues no tenían idea de lo que les sucedería en breve. Tan solo contaban con un cúmulo de interrogantes, dando vueltas alrededor de sus mentes.

—Dime la verdad, Antonio: ¿estás tan nervioso como yo?

—Quizá un poco más. Pero, bueno, a lo que vinimos.

Se llenaron de valor y cruzaron las dos inmensas columnas que sostenían el umbral del edificio. Una vez que entraron lo primero que sintieron fue un intenso olor a madera vieja, que dominaba el ambiente por completo. Como si todos los años de antigüedad que cargaba a cuestas la vetusta edificación y los miles de seres que han pasado por ella pudieran sentirse con solo respirar ahí dentro. Tanto así que por un segundo Antonio tuvo la sensación de haber entrado en una dimensión paralela, desafiando las leyes del tiempo y el espacio.

Así estuvo abstraído, pensando en todo aquello por un rato, hasta que uno de los oficiales encargados de guiarlos durante la ceremonia vino a su encuentro y lo sacó de aquel sopor. Saludó a los recién llegados de forma muy seca. Y luego de pedirles que lo siguieran, condujo a los profanos a través de una puerta secreta que llevaba a la primera parada de esta misteriosa velada que apenas comenzaba. Se trataba de un cuarto oculto dentro del templo, cuyo acceso no estaba a la vista del público. Este era oscuro, frío y lúgubre, además de estar impregnado de un fuerte olor a azufre. Y, como si la escena no fuese ya suficientemente dantesca, en el centro había un cráneo humano puesto sobre una mesa, junto a otros símbolos y elementos muy extraños que ni Antonio ni Roberto podían reconocer.

—Esta es la cámara de reflexión, señores. Permanecerán aquí encerrados, como parte de la preparación por la que debe pasar todo aquel profano que muere simbólicamente para renacer como iniciado. Para ello deberán responder por escrito tres preguntas que están relacionadas con el deber que están a punto de adquirir. Las mismas se encuentran en aquella mesa, junto a la calavera. Solo hasta entonces, llegado el momento, vendré por ustedes.

—Enterado —respondió Antonio.

—¡Silencio! Deben abstenerse de hablar. Están aquí, en este importante aposento para despertar su psiquis y abrir la flor del subconsciente como un paso trascendental para la ceremonia que más tarde vivirán —concluyó el oficial antes de retirarse.

Una vez que quedaron solos, Roberto procedió muy juicioso a responder las preguntas pendientes. Pero Antonio no. Cautivado por la singularidad del sitio y el entorno místico que lo rodeaba se dedicó primero a reparar en los mensajes y dibujos simbólicos que estaban escritos sobre las paredes de la cámara. En general eran textos y símbolos que contenían mensajes crípticos e interrogantes que llamaban a la reflexión. Y aunque no era capaz de comprender a cabalidad lo que decían, descubrió entre ellos una palabra que llamó poderosamente su atención: V.I.T.R.I.O.L. Este era un acrónimo cuyas siglas correspondían a las palabras que componen la frase en latín *Visita Interiora Terras Rectificatur Invenies Ocultum Lapidum,* que en español significa: "Visita el Interior de la Tierra y Rectificando Encontrarás la Piedra Oculta".

—Es interesante esta frase. ¿Tienes idea de qué significa?

—¡Se supone que no debemos hablar! Qué tal si han puesto cámaras ocultas aquí y nos están espiando, ¿ah? —exclamó

Roberto.

Y luego, leyendo detenidamente el V.I.T.R.I.O.L dijo:

—Mmm... creo que he visto este acrónimo antes, pero no estoy seguro del significado. Pareciera tener relación con la alquimia o algún otro tipo de proceso de transmutación, ¿no crees?

—Sí, puede ser.

—Igual es muy probable que todo esto provenga de ritos iniciáticos muy antiguos originados en escuelas ancestrales de conocimiento, como egipcias o pitagóricas.

—Quién sabe... Pero claramente, esta frase tiene un trasfondo mucho más profundo del que podemos palpar.

Al cabo de una hora, más o menos, el oficial encargado volvió por Antonio y Roberto. Salieron de la cámara de reflexión y llegaron de vuelta al vestíbulo principal. Ahí subieron por el ala derecha de la enorme escalera central del edificio que llevaba al primer piso donde, entre otras cosas, se encontraba la cámara superior del templo. Ya en el recibidor del primer alto los jóvenes notaron de inmediato una pared cubierta con retratos de figuras notables de la historia que pertenecieron a La Orden. Estaba el de George Washington, por ejemplo, primer presidente de Estados Unidos, y también uno de Simón Bolívar, el liberador de América. Pero entre todos ellos había un cuadro en particular que sobresalía del resto por su gran tamaño. En él aparecía un hombre de bigote, vestido con un elegante tuxedo y una corbata de gatito blanca, portando una enorme medalla, además de una condecoración y una banda en el pecho con el número 33. Antonio lo observó fijamente y con mucha curiosidad. "Seguro fue alguien muy importante", se dijo a sí mismo pero sin poder descifrar su identidad. Fue Roberto a quien al verlo se le aceleró el corazón, pues sabía a quien correspondía el retrato que tenían en frente.

—Es él —susurró Roberto.

—¿Quién?

—Ese es Carlos A. Mendoza.

—¡Qué! ¿Estás seguro? —balbuceó Antonio, consternado.

—Claro. Te hacen falta clases de historia, hermano.

—¡Silencio! Esto no es un paseo —sentenció molesto el oficial.

43.

El joven Goti trató de contenerse, pero había quedado en *shock*. Sintió que se le había helado la sangre al constatar de golpe y porrazo el dato que le había suministrado su tía abuela Edith: Carlos A. Mendoza sí fue un miembro de alta jerarquía en los inicios de la Gran Logia de Panamá. Y juzgando por lo que podía ver, uno muy importante en verdad. Además, le quedaba claro que la familia Mendoza aún gozaba de gran preponderancia dentro de la logia. Lastimosamente el hallazgo de ese cuadro no era prueba suficiente. Aún quedaban muchas interrogantes por resolverse. ¿Había realmente una conspiración masónica contra su tatarabuelo, Ernesto Goti? ¿Estaban los Mendoza detrás de ella, específicamente? Y más aún, ¿qué repercusión podría traerle a él todo aquello, ahora que estaba a punto de entrar a la hermandad?

Sin embargo, en medio de la iniciación no tuvo tiempo de calibrar demasiado en esos detalles. Él y Roberto fueron llevados a un cuarto ubicado en ese mismo piso, en el que se encontraba una biblioteca con muchos libros de todo tipo, principalmente publicaciones sobre política, historia y esoterismo. Entonces uno de los maestros masones llegó a su encuentro con el objetivo de preparar a los candidatos. Primero les indicó que debían quitarse la ropa y despojarse de prendas, joyas y cualquier otra pertenencia material para cambiarse y vestirse con los atuendos que habían traído para la ceremonia. Por muy contradictorio que parezca, dada la solemnidad del rito dicha vestimenta consistía de una simple pijama que les habían pedido comprar. Pero no la llevarían de cualquier forma. Una vez que se las pusieron, los aún profanos recibieron instrucciones específicas de cómo debían lucirlas para la iniciación.

—La camisa debe ir abierta, dejando el pecho desnudo y el hombro izquierdo al descubierto. También deben remangar la basta izquierda del pantalón para mostrar toda la pierna descubierta hasta la altura de la rodilla. El pie izquierdo irá descalzo. Además, llevarán una soga alrededor del cuello, amarrada con un nudo corredizo. Y por último se les colocará una venda en los ojos. A partir de este momento no podrán ver nada de lo que pase a continuación. Tampoco podrán hablar. Toda vuestra voluntad de acción y respuesta, ahora estará bajo nuestro control.

A este punto, luego de tantas pruebas e indicaciones, Antonio y Roberto estaban más nerviosos que nunca. Todo esto que estaban viviendo resultaba muy raro e inquietante. Además, no lograban encontrarle el sentido. Sin sospechar, que lo más extraño estaba aún por pasar. Vendados y tomados de la mano, sintiéndose infinitamente perdidos y desconcertados, fueron llevados fuera de la biblioteca y conducidos al sitio donde ocurriría la iniciación: la cámara superior, habitación principal del recinto donde se encontraba el templo del edificio.

Entonces comenzó la ceremonia. A partir de ese momento, Antonio y Roberto fueron separados y perdieron toda conciencia del uno y el otro, amén de cualquier otra persona o cosa que se encontraba alrededor de ellos salvo, lógicamente, del oficial que les servía de guía mientras avanzaban a ciegas. Pero intuían que no estaban solos. A su paso solo lograban escuchar una multiplicidad de voces irreconocibles que algunas veces gritaban y en otras apenas susurraban. Hombres que, desde las penumbras, les hacían preguntas que no estaban autorizados a responder puesto que en ese momento solo el guía podía hablar por ellos.

—¿Quién va? —gritó una voz.

—¿Quién anda ahí? —susurró otra.

De pronto se detuvieron. Sus cuerpos carentes de voluntad, cual muñecos, fueron dirigidos y colocados frente a un oficial de rango que se encontraba ahí sentado. Entonces ocurrió una suerte de microescena extraña, entre él y el guía, con intercambio de diálogos que no comprendieron. Y de la misma forma abrupta que habían sido postrados fueron sujetados nuevamente del brazo y levantados para continuar con el recorrido. Así avanzaron durante algún tiempo hasta que se detuvieron por segunda vez. Otra escena, más o menos parecida a la primera, según podían percibir a duras penas los candidatos vendados, se llevó a cabo frente a otro oficial jerárquico. Y al terminar retomaron nuevamente su andar unos minutos más hasta llegar a la tercera parada. Esta vez el diálogo fue algo diferente. Sí mantuvo cierta similitud comparado a los que ya habían escuchado en las otras dos posiciones donde fueron llevados, pero en esta ocasión hubo una solemnidad alrededor del momento y la voz que interpretaba las palabras dichas que hizo que esta escala fuese distinta a las anteriores.

La ceremonia siguió su curso. Y desafortunadamente para el desasosiego de Antonio y Roberto el incierto recorrido antes descrito se repitió a lo largo del rito una y mil veces. El corazón les latía a todo lo que daba, preso de una terrible sensación de vulnerabilidad al sentir que no podían hacer ni decir nada y que dependían por completo del guía que los llevaba, sin saber dónde estaban, qué había a su alrededor, ni qué podría sucederles luego. Mucho menos cuánto faltaba. Ya estaban genuinamente desesperados y demasiado aturdidos para comprender lo que sucedía. Sin embargo, Antonio hizo un esfuerzo sobrehumano por tratar de entender aunque sea algo de lo que estaba pasando. Así, mientras ocurría una vuelta más del rito logró captar ciertos detalles que antes había pasado por alto. No era mucho, pero supo que se habían estado moviendo siempre en línea recta alrededor del templo, girando en ángulos de 90 grados y siguiendo la dirección de las manecillas del reloj. Además, descifró que las tres paradas fijas que hacían, donde tenían lugar los intercambios con los oficiales, se daban siempre en los mismos puntos del templo. Y tuvo la fuerte impresión de que estos altos estaban delimitados por tres puntos cardinales específicos: el primero al sur, el segundo al oeste y el tercero al este. No podía saberlo con certeza, pero estaba casi seguro de ello.

La noche siguió su curso. Finalmente, después de más de una hora continua de solemne ceremonia, se llegó al clímax del rito. Los dos jóvenes fueron llevados al mero centro del templo. Ahí se les ordenó ponerse de rodillas y colocar sus manos y piernas en una posición singular y desconocida para ellos. Tanto que les resultó tan extraña como todos los acontecimientos que, hasta este punto, habían vivido. Y así, exhaustos y postrados en el suelo, a Antonio y Roberto les retiraron las vendas de los ojos. Ahora sí, habían llegado al punto final de su iniciación.

Luego de haber experimentado tanta zozobra y angustia, ahora ambos tenían algo claro: podían decir con tranquilidad que lo habían logrado. Oficialmente ya eran miembros de La Orden. Sin embargo, ni aun viviendo el sueño más auspicioso podían imaginar en qué se habían metido. Mucho menos todas las cosas que les deparaba el destino a partir de ahora.

Carlos A Mendoza fue el primer presidente afrodescendiente de América, tercer presidente de Panamá, miembro de la Orden Masónica y el primer Muy Venerable Gran Maestro de la Muy Respetable Gran Logia de Panamá y Muy Ilustre y Poderoso Soberano Gran Comendador del Supremo Consejo Nacional del Grado 33 para la República de Panamá del Rito Escocés Antiguo y Aceptado. Foto tomada por Amilcar Gotti dentro del Templo de la Gran Logia de Panamá.

CAPÍTULO 8
SE AGRAVA
EL ENIGMA

Al cabo de unos días Antonio regresó con gran entusiasmo al Palacio Municipal. Le habían llamado para avisarle que podía pasar a retirar la certificación que el secretario general le había prometido. Y aún guardaba la esperanza de poder revisar los archivos históricos del Concejo, como había solicitado. Quería buscar alguna pista que pudiera indicarle lo que había detrás de la polémica en torno al Acta.

Se dirigió directamente a la oficina donde, según le habían informado, debía presentarse.

—Buenas tardes, señorita. Vengo a retirar un documento que solicité.

—Me indica su apellido, por favor.

—Goti, Antonio Goti.

—Mmm... sí, correcto, han dejado este sobre para usted.

Ansioso, el joven lo abrió rápidamente descubriendo su contenido. Se trataba de una nota muy sencilla que indicaba que, en efecto, Ernesto Goti fue quien redactó el Acta de Independencia en su calidad de secretario del Concejo Municipal. Por un segundo su corazón se llenó de paz y alegría hasta que notó un pequeño detalle que impidió que su felicidad fuese plena: el apellido de su tatarabuelo estaba mal escrito. Decía "Gotti", con doble t.

—Le agradezco, señorita. Este documento es muy importante para mí y mi familia. Solo que hay un error. Han escrito el apellido de Ernesto con doble t. Y no es "Gotti", sino "Goti".

—Ah, disculpe pero, ¿no se trata de un apellido italiano?

—No, es de origen vasco.

—Entiendo, qué pena. Pero igual no se preocupe, que este documento se hizo más bien para usted. A título personal, digamos. Así que no pasa nada.

—Ya, entiendo... pero no sé si esté bien dejarlo así, la verdad. ¿Podría hablar un momentito con el secretario general, por favor?

—No, qué pena, señor Antonio. El señor secretario no se encuentra.

—Es que habíamos quedado de hablar cuando viniera a retirar este documento. Yo le pedí acceso a los archivos para revisar los registros originales relacionados al Acta. Y me preguntaba si esto era una posibilidad.

—Lo siento mucho, pero creo que eso será imposible — respondió tajante la asistente.

Muy confundido, Antonio solo se limitó a abandonar el edificio. Pero cuando se dirigía a la salida divisó a lo lejos al secretario general. Ilusionado se acercó a él y lo saludó muy efusivamente, pues aún guardaba el recuerdo de la grata conversación que sostuvieron el día en que se conocieron. Pero, para su sorpresa, esta vez el funcionario lo saludó de forma muy parca.

—¿Ya le entregaron el documento?

—Justo de eso quería hablarle.

—Lo siento, pero ahorita estoy muy ocupado, joven.

—Es que usted había prometido ayudarme. ¿Recuerda? — exclamó Antonio, subiendo un poco la voz. Dijo que intentaría darme acceso para revisar en los registros originales del Acta por la investigación que estoy realizando.

El semblante del secretario cambió de inmediato. Y su actitud, que ya era extraña, ahora estaba teñida de un gran nerviosismo. Miró para todos lados, como chequeando que nadie los estuviera observando. Luego tomó a Antonio del brazo y, en voz muy baja, le arrojó una terrible sentencia.

—Mejor olvídese de ese tema, ¿ok? Se lo recomiendo, muchacho.

Entonces se alejó con mucha prisa y sin esperar respuesta. Y Antonio, impávido, solo se quedó observándolo, mientras trataba de descifrar qué es lo que había pasado. Pero todo ese esfuerzo mental resultó en vano: ahora se sentía más perdido que nunca.

CONSEJO MUNICIPAL DE PANAMÁ
Panamá, R. P.

EL SUSCRITO SECRETARIO GENERAL DEL CONSEJO MUNICIPAL DE PANAMA, LICENCIADO MANUEL JIMÉNEZ MEDINA, y a solicitud de parte interesada;

CERTIFICA:

Que el señor Amílcar Gotti, ciudadano panameño, con Cédula de Identidad Personal Nº ███████ tal como lo señala los archivos que reposan en esta Cámara Edilicia, el Sr. Ernesto J. Gotti, fue un Prócer de la nación, encargado de redactar el Acta de Independencia como Secretario del Consejo Municipal el 03 de noviembre de de 1903, misma que proclama la separación de Panamá, de Colombia, hecho histórico que marcó nuestra nación.

Por lo antes solicitado, me permito señalar, que según documentos presentados por el Sr. Amílcar Gotti, éste es descendiente directo del Sr. Ernesto J. Gotti, motivo por el cual extiendo la presente Certificación.

Dada en la Ciudad de Panamá, a los cuatro (04) días del mes de mayo del año dos mil dieciséis (2016).

LIC. MANUEL JIMÉNEZ MEDINA
Secretario General

Mariza Mejía.-

Certificado entregado al autor por el secretario general del Concejo Municipal donde confirma que Ernesto J. Goti fue el encargado de redactar el Acta de Independencia.

51.

CAPÍTULO 9
EN PIE DE GUERRA
EN LA ORDEN

Siete años después de la admisión de Antonio y Roberto en La Orden muchas cosas han cambiado. El escenario a lo interno de la masonería es totalmente distinto. Y la sombra de una crisis muy peligrosa amenaza con desestabilizar la paz y la armonía dentro de la fraternidad.

El Venerable Gran Maestro, la máxima autoridad de la Gran Logia de Panamá, convocó a una reunión urgente y a puertas cerradas para abordar el tema en su oficina privada dentro del templo masónico de Santa Ana. Solo fueron llamados sus hombres de mayor confianza, pues el asunto era grave y nadie más podía enterarse. Entre ellos se encontraba una figura muy importante: Sergio Fernández, hombre de 65 años de edad con mucho poder dentro de la hermandad. Era uno de los miembros más respetados e influyentes sobre todo por haber ocupado anteriormente y en varias ocasiones el más alto grado masónico. Y su presencia en dicha asamblea denotaba que el anuncio en cuestión era sin duda relevante.

Cuando todos estuvieron sentados, la cabeza del grupo tomó la palabra. Ni bien abrió la boca fue evidente el tono de preocupación que imperaba en su voz.

—Hermanos, los he reunido para compartirles algo sumamente grave: ¡La Orden está en peligro!
Las reacciones no se hicieron esperar. Todos quedaron desconcertados ante el anuncio. Y una marejada de murmullos y preguntas sin respuestas colmó la escena.
—¡Silencio!
—Pero díganos de qué se trata, Gran Maestro —exclamó uno de los presentes.
—Antes de seguir les reitero que confío plenamente en ustedes. Y en

consecuencia espero total discreción. Nada de lo que aquí se hable puede salir a la luz pública. ¿Estamos claros?
Todos asintieron mientras el Venerable escrutaba cada uno de sus rostros con detenimiento.

—Tengo información clasificada y muy delicada que señala que representantes de la extrema católica se han infiltrado en nuestra organización ¡con el fin de destruirnos!

—Pero, Maestro, eso no puede ser. Muchos de nosotros practicamos el catolicismo abiertamente. Y eso nunca ha sido un impedimento para pertenecer a la hermandad.

—Se trata de algo muy distinto, hermano. Estamos hablando de una conspiración orquestada por facciones dentro del Vaticano que históricamente han rivalizado y perseguido a los masones para conquistar el poder. Y ahora se encuentran entre nosotros, agazapados, esperando el momento indicado para colarse en los altos cargos de la Gran Logia de Panamá y doblegarnos a su antojo. Un escenario más que posible ahora que se acerca la elección del nuevo Venerable.

—¡No podemos permitirlo!

—Eso no es lo peor. También tenemos conocimiento de que se están preparando para lograr importantes conquistas en el plano político. Ya han penetrado la cúpula del partido de oposición con un solo objetivo en mente: ganar las elecciones presidenciales del próximo año postulando a un candidato del Opus Dei. Si lo logran podrían controlar el país a su antojo. Y la persecución de estos grupos de extrema en la política panameña podría salirse de control y perjudicarnos, pues claramente nos ven como una amenaza a sus intereses.

La consternación se apoderó del grupo. De pronto, todos estaban hablando al mismo tiempo, intentando expresar sus opiniones mientras el Venerable intentaba, infructuosamente, calmar los ánimos y continuar con la reunión. Hasta que el hermano Sergio Fernández, quien había permanecido en total silencio durante todo el encuentro, se levantó de su puesto y tomó la palabra.

—¡Silencio, por favor!
Y dirigiéndose al Venerable dijo:
—Agradezco infinitamente su confianza, Maestro. Pero, con todo

54.

respeto, usted sabe perfectamente que nada de esto es nuevo.

—¿De qué hablas, Sergio?

—Yo mismo he criticado varias veces y desde hace muchos años que en nuestra sagrada hermandad se deja entrar a cualquiera. Y si me hubieran hecho caso ¡nada de esto estaría pasando! Ahora, la amenaza son estos católicos de extrema y su agenda política. Pero en el fondo da igual. ¡Nuestras logias están llenas de columnas maltrechas! Gente inescrupulosa que solo quiere pertenecer a la masonería para escalar socialmente, obtener contactos y ganar poder. ¡Todo en beneficio propio! Eso nada tiene que ver con la verdadera mística de La Orden. Y no hay que ser adivino para saber que ese deterioro en nuestras filas ha desvirtuado el rumbo y el noble propósito de esta organización, llevándonos a la situación en la que estamos metidos ahora.

—¡El hermano tiene razón!

—Y eso no es todo. También he advertido hasta el cansancio que la masonería en Panamá debe ser protegida de las amenazas extranjeras.

—¿A qué te refieres, Sergio?

—Hablo de las logias escocesas. ¡Son irregulares y violentan nuestra soberanía! ¿Cómo hemos permitido que sigan operando en nuestro territorio bajo el amparo de Escocia? ¡Es inadmisible! Ya es hora de que nos respeten y estén sujetas a nuestra jurisdicción. La Gran Logia de Panamá es la única que debe tener pleno control en el país. ¡Nadie más!

—¿Y eso qué tiene que ver? ¿Acaso crees que ellos están detrás de este complot? —le increpó el Venerable Gran Maestro.

—¡Por supuesto!

—¿Tienes cómo probarlo?

—Aún no, su Excelencia. Pero tranquilo, muy pronto lo haré, no tenga la menor duda.

Y alzando la voz agregó

—Porque estoy seguro de que esos irregulares escoceses tienen sus narices metidas en todo esto. Están trabajando de la mano con estos grupos religiosos, pues ahora han encontrado un aliado para destrozarnos. ¡Y no descansaré hasta comprobarlo!

—Perfecto, debemos permanecer alertas ante la más mínima sospecha. ¡Ahora más que nunca!

El Venerable guardó silencio por un segundo.

—Les advierto: esto es solo el comienzo. Aún no hemos podido averiguar cuál será el próximo paso de estos mercenarios, pero sí sabemos que atacarán pronto y con fuerza. Preparémonos para lo peor, hermanos.

—¡Sí! —gritó el grupo al unísono.

—¡Preparémonos para la guerra!

—Así será, Maestro, así será —concluyó Sergio para sus adentros.

CAPÍTULO 10
UN TEMA
INCONCLUSO

Muy lejos de ahí, Antonio Goti desconocía por completo lo que estaba sucediendo en el templo. No obstante, era innegable que su realidad dentro de la masonería también había cambiado mucho en estos siete años. Ahora, a sus 30 años de edad, ya había sido exaltado al grado de Maestro y ocupaba además una posición importante: la de Primer Vigilante, uno de las tres puestos claves dentro de cada logia o taller, junto al Venerable Maestro y el Segundo Vigilante. Pero al margen de los cargos y los reconocimientos recibidos, gracias a su crecimiento como miembro de la hermandad Antonio se había convertido en un hombre muy distinto.

Las enseñanzas aprendidas y las personas que fue conociendo en la francmasonería fueron poco a poco moldeando su temperamento y expandiendo sus conocimientos, cual piedra bruta que ingresa al taller para ser trabajada y pulida hasta eliminar sus imperfecciones y convertirse en una obra de arte. Así pasó de ser un total neófito a un joven mucho más profundo, aplomado y sereno. Y esto lo ayudó a tener mayor conciencia de todo el potencial que tenía como individuo para llegar a ser un mejor ser humano. Ahora ni siquiera su buen amigo Roberto, aun con todo su bagaje intelectual a cuestas, podía venir a "echarle ningún cuento", como se dice en buen panameño. Y al participar de tertulias y discusiones filosóficas con sus compañeros de grupo siempre salía muy bien librado, demostrando estar tan preparado como cualquiera de sus hermanos más experimentados. Él sabía muy bien que aún le faltaba mucho por aprender. Sin embargo, no cabía duda de que Antonio ahora era un masón a carta cabal. Y nadie se lo podía negar.

Por otro lado, las relaciones con su madre se habían restablecido favorablemente. Aunque las cosas no eran ciento por ciento color de rosa. Ella seguía sin perdonarle que hubiese entrado a La Orden, ciertamente. Pero el amor que sentía por su hijo era mucho más fuerte que cualquier conflicto. Y para él, la señora Lidia era su piedra angular. Así que el tiempo operó para que la masonería dejara simplemente, de ser un tema de discusión entre ellos dos. Lastimosamente no todo en el plano familiar se había resuelto, como Antonio hubiese querido. Un asunto inconcluso seguía robándole la calma: el misterio alrededor de Ernesto Goti y el Acta de 1903. ¿Quién deseaba eliminar su participación histórica en el nacimiento de la República de Panamá, mancillando así su legado para favorecer a Carlos A. Mendoza? Después del extraño revés sufrido en el Palacio Municipal, el tataranieto del prócer perdió toda esperanza de llegar a la verdad. Y aunque sí intentó investigar un poco más con el tiempo se rindió ante la frustración y los obstáculos, al sentir que todas las puertas se le habían cerrado. Pero a pesar de la derrota jamás logró olvidarse por completo del tema. Era como una pequeña astilla que permanecía clavada en su corazón sediento de justicia.

CAPÍTULO 11
UNA SINGULAR
VELADA

Aquella misma tarde en que se convocó a la reunión urgente en el templo de Calle 13, Antonio pasó a buscar a Roberto para realizar una misión un tanto diferente. Tomaron rumbo hacia la comunidad de Tocumen, un sitio muy apartado del centro de la ciudad de Panamá, con el objetivo de visitar a un hermano muy especial. Se trataba de Don Gustavo Martínez, mejor conocido por todos como simplemente Martínez, un señor que superaba ya los 80 años de edad y era uno de los hermanos masones de mayor trayectoria dentro de La Orden en Panamá.

Pese a la gran diferencia de edad, entre estos tres personajes había florecido una entrañable amistad. Antonio y Roberto estimaban mucho a Martínez y solían pasar por su casa con bastante frecuencia. Les gustaba conversar con él, hacerle preguntas y escuchar su lista interminable de entretenidas historias e interesantes anécdotas, ya que se trataba de un compañero de basto conocimiento y experiencia, del que constantemente estaban aprendiendo mucho. Lo normal era que sus tertulias se extendieran hasta tarde en la noche, ya que el octogenario masón también disfrutaba de estos encuentros. Y les agradecía su fiel compañía, compartiendo desinteresadamente con los muchachos todo lo que sabía como el hombre noble, justo y sabio que era. Este había ocupado, incluso, el puesto de Venerable Gran Maestro de la Gran Logia de Panamá, por lo que el par de jóvenes solían también llamarlo Venerable en señal de respeto. Aunque ya hace muchos años que no ostentaba ese cargo.

Como de costumbre, al bajarse del auto y llegar al portón de la vivienda, ubicada en las afueras de la capital panameña, los jóvenes fueron recibidos por el rostro afable y alegre del anciano, quien se asomaba a la ventana con el mismo entusiasmo y la curiosidad que demostraría un niño de 10 años con ganas de jugar. Enseguida los hizo pasar y se instalaron en el comedor de la sala principal. Justo en ese mismo espacio, flanqueando la mesa, se encontraba también un enorme anaquel atestado de recortes de periódicos, documentos valiosos y libros viejos. Literalmente, desbordaba de información. Este era el tesoro más preciado de Martínez. Y para Antonio era tan solo un reflejo de toda la sabiduría que el cándido anciano poseía y que él anhelaba alcanzar algún día. Por eso, como siempre, no pudo evitar echarle un vistazo con gran curiosidad, en busca de algún título interesante que le pudieran prestar. Su favorito era una gigantesca biblia masónica llena de imágenes pero en muy mal estado, producto del desgaste de los años y las polillas.

—¿Sabe algo, Venerable? —dijo Antonio, mientras husmeaba en el librero— Esta semana asistimos a una presentación sobre Cábala que ofreció un hermano. No estuvo mal, pero la verdad es que abordó el tema muy por encima. Y al final, cuando nos acercamos para hacerle preguntas y profundizar sobre el árbol de la vida y los Sefiroth, el tipo se molestó mucho. En pocas palabras nos regañó y dijo que no debíamos estar investigando sobre eso. ¿Usted puede creerlo?

—¡Ja! Por supuesto que puedo creerlo pero no porque esté mal que investiguen al respecto, ¡sino porque seguramente tiene miedo! Te apuesto lo que quieras que ese hermano, simple y llanamente, no maneja bien el tema pero su ego inflado no le permite reconocerlo. Entonces miente o inventa cualquier excusa con tal de disimularlo.

—Y hablando de egos, Venerable... ¡Las elecciones están a la vuelta de la esquina! —interrumpió Roberto, con leve tono maledicente— ¿Ya sabe por quién va a votar?

—Ay, ¡las elecciones a la Veneralía de la Gran Logia! Comienzan los juegos y las intrigas. Bueno, al parecer todos se han complotado este año para apoyar al mismo candidato... ¡Pero hay de todo! Incluso uno que es nieto de un antiguo e ilustre masón y lleva el mismo apellido... ¡Imagínate!

—¿A quién se refiere?

—Ay, si ustedes supieran, hermanitos... Pero ya, no diré más. Solo pueden estar seguros de algo: si estuviese vivo su abuelo estaría muy decepcionado de él.

Y pese a su discreción, remató sin poder aguantarse la lengua:

—El que no lo conozca, ¡que lo compre!

Aunque Martínez se reservó el nombre del aspirante, sus comentarios filosos calaron hondo y fuertemente en Antonio, como el estallido de una bomba atómica que socavó su estado de ánimo. Para él, el viejo estaba hablando del nieto de Carlos A. Mendoza. E inmediatamente recordó la teoría de la supuesta conspiración masónica contra su tatarabuelo para ensalzar la figura de este prominente expresidente.

—Dígame la verdad, Venerable, ¿nunca escuchó hablar de un complot dentro de la hermandad para borrar a Ernesto Goti de la historia patria y engrandecer el nombre de Carlos A. Mendoza?

—¿Aún sigues atormentado por eso, hermanito? Lastimosamente ya te he dicho todo lo que sé. Y claro que ha llegado a mis oídos esa teoría, pero me temo que es solo un rumor. No tengo evidencias para confirmarlo ni negarlo.

—Ah, no sé para qué insisto... Pero sospecho que, muy adentro, aún me duele esta injusticia contra mi pobre tatarabuelo y toda la familia Goti.

—En la logia confluyen todo tipo de personas, Antonio. Algunas buenas y otras que podrían ser mejor. ¿Vale la pena ofuscarse por los conspiradores? ¡Porque de seguro los hay! Pero creo que es mucho más importante que siempre tengas presente la máxima enseñanza que nos brinda la masonería: somos seres humanos imperfectos. Y como la piedra bruta, entramos a la hermandad para pulirnos y convertirnos en mejores personas.

—Lo sé, maestro. Y créame que yo lo entiendo. Solo... desearía poder comprobar qué hay detrás de todo esto.

—Comprendo tu frustración. Pero si revisas la historia de nuestra fraternidad verás que siempre han existido las luchas de poder.

De golpe, a Martínez le vino una gran idea.

—Es más, hagamos el ejercicio intelectual. ¿Dónde se origina la masonería?

61.

Ni bien escuchó la pregunta, Roberto se levantó de su puesto como si fuese un resorte y hubiese estado esperado por siglos este momento. La historia le resultaba fascinante.

—¿Prefiere la versión oficial o discutimos mejor la oculta? —increpó el joven Henríquez, seguido de una risita entusiasta.

—Bueno, la historia formal ya la conocemos, pero me parece bien partir de ahí: a los hermanos en todo el mundo se les inculca que la masonería se originó en Londres, Inglaterra, el 24 de junio de 1717. Ese día cuatro logias londinenses se reunieron en una taberna con un propósito muy claro: elegir a su primer Venerable Gran Maestro y formar la primera gran logia de la historia, a la que bautizaron como la Gran Logia de Londres y Westminster, misma que hoy se conoce como la Gran Logia Unida de Inglaterra. ¿Estamos de acuerdo?

—¡Exacto!

—Ahora sorpréndeme, Roberto, ¿qué sabes de la leyenda oculta?

—Bueno, de acuerdo con lo que he leído, estos ritos surgieron de corrientes iniciáticas que provienen del antiguo Egipto. Luego fueron practicadas por grupos del Medio Oriente, en el antiguo Jerusalén. Se cree, entonces, que los Templarios, cuando cavaron las ruinas del templo hecho por Herodes, encontraron la información sobre estas creencias y ritos. Además, absorbieron el dogma imperante de aquella época y propio de esa región.

—Años después, cuando se dio la orden de arrestar a los Templarios, el viernes 13 de octubre de 1307, muchos alcanzaron a huir y se asentaron en Escocia. —Aportó Antonio a la discusión—. Este hecho representa una conexión directa con el nacimiento de La Orden, ya que mucho se habla de la existencia de viejos manuscritos y actas que demuestran que las primeras logias masónicas se originaron en Escocia. De hecho, en la famosa capilla de Rosslyn, fundada en suelo escocés a mediados del Siglo XV, también existe evidencia. Me refiero a los diseños templarios y masónicos que dan fe de ese vínculo. Aunque, claro, frente a la versión avalada oficialmente... nada de esto tiene validez. Siguen diciendo que es tan solo una leyenda.

—¡Muy bien, hermanitos! Se ve que les gusta leer mucho

—celebró Martínez—. Ahora, toca pensar entre líneas: ¿saben ustedes por qué esa leyenda oculta, entre comillas, sigue siendo rechazada y no es reconocida como parte de la versión oficial de la historia?

Antonio y Roberto negaron con la cabeza, en silencio.

—Pues precisamente por lo que hemos estado hablando hoy: ¡las luchas de poder!

—¿A qué se refiere, Venerable?

CAPÍTULO 12
LOS ORÍGENES
DE LA ORDEN

El viejo sabio aclaró su garganta y se acomodó mejor en el asiento para relatarles a Antonio y Roberto todos los detalles que él conocía al respecto. Hasta el sol de hoy, se sigue negando que la masonería haya existido antes de la creación de la Gran Logia Unida de Inglaterra, en el año 1717; porque, justamente fueron las logias de la potencia británica, quienes borraron de la historia los orígenes escoceses de la hermandad.

Los motivos se remontan a esos primeros años del Siglo XVIII, cuando Inglaterra y Escocia, como miembros del Reino Unido de Gran Bretaña, atravesaban por un periodo de disputas políticas y pésimas relaciones bilaterales. Uno de los detonantes más relevantes de esta división entre naciones fue la ocupación del trono británico por parte de un caballero alemán. Su nombre era Jorge de Hannover y ni siquiera hablaba inglés. Los ingleses lo aceptaron como su rey, pero la mayoría de los escoceses rechazaba a ultranza la idea de ser gobernados por un monarca forastero y se proclamaron defensores de Jacobo VIII, nacido en Londres, quien ellos reconocían como el único y legítimo heredero de la corona.

La tensión entre ambos pueblos derivó en una sangrienta batalla armada que tuvo lugar en Sheriffmuir, Escocia, el 13 de noviembre de 1715. Las bajas fueron considerables: entre los muertos y heridos de ambos bandos hubo un saldo total de 1,400 hombres caídos. La contienda en sí no brindó un resultado definitivo para esta disputa por la silla real. Sin embargo, con el pasar del tiempo Jacobo VIII abandonó la rebelión y huyó de los dominios del Reino Unido, dando fin al levantamiento jacobita en 1716. En respuesta, el rey proveniente de la Casa de Hannover, ahora plenamente convertido en Jorge I de Gran

Bretaña, instaló un clima de venganza y persecución contra cualquier grupo o persona que mantuviese vínculos con Escocia. Y, en efecto, La Orden los tenía.

Para fortuna o desdicha de las logias londinenses, según quiera verse hoy, la masonería había llegado a Inglaterra por primera vez en 1603, de la mano de un rey que era masón y escocés. Una verdad innegable que convirtió a los masones en víctimas directas de la feroz cacería de brujas instaurada por la corona. Sobre todo en la ciudad de Londres, bajo el dominio hannoveriano. Hubo gran temor entre los hermanos y muchos abandonaron la fraternidad debido al inminente peligro de ser reconocidos. Afortunadamente, La Orden no desapareció. Pero los pocos miembros que se mantuvieron fieles entendieron rápidamente que debían purgar el movimiento de toda asociación con Escocia para que la masonería sobreviviese. Y de eso se valieron para cambiar la historia a su conveniencia. Desde entonces, como por arte de magia, se dice que la masonería a nivel mundial nació con la creación de la Gran Logia Unida de Inglaterra en 1717, negando sus raíces escocesas y todo vestigio anterior a esa fecha. Aunque resulte un disparate.

CAPÍTULO 13
UNA CITA
INESPERADA

El tiempo pasó volando, literalmente, para este inusual trío de amigos. Y la animada reunión en casa de Martínez se extendió hasta pasadas las 10 pm, entre chismes internos y profundas pláticas sobre simbología, Cábala y esoterismo. Ya de vuelta en el auto, Antonio permaneció callado por un largo rato, mientras conducía de regreso a la ciudad. Estaba completamente inmerso en sus pensamientos, cavilando en cada una de las enseñanzas que había aprendido esa noche.

Sobre todo había quedado muy sorprendido con la analogía tan precisa que hizo el viejo sabio entre las próximas elecciones de la Gran Logia de Panamá, las cruentas luchas de poder en los inicios de la masonería inglesa y lo ocurrido con su ilustre tatarabuelo, al que han borrado de la historia panameña. Entendió perfectamente la relación entre estos sucesos, pero sentía que el anciano había intentado develarle algo más con esa historia y él quería descifrarlo. Como si hubiese un hilo invisible conectando esas variables de forma directa o quizá, más bien, una mano negra operando desde el anonimato que él no era capaz de ver. Y eso lo tenía frustrado. De hecho, iba tan ensimismado que ni siquiera había registrado lo que Roberto le estaba contando.

—¿Me estás prestando atención, Antonio?

—¿Ah? —volteó a mirarlo muy sorprendido e inmediatamente cambió de tono disimulando— Sí, oye, claro que sí...

—*Man*, ¿qué te pasa? No has dicho una sola palabra desde que nos subimos al auto.

—Cosas mías, Roberto.

—¿Todo bien en el trabajo?

—Sí, todo bajo control por suerte, hermano.

—Seguro estás planeando alguna perversidad, ¡ja!

—Está bien, ¡tú ganas! —Antonio mintió intencionalmente y cambió de tema— ¿Ya sabes por quién votarías para el puesto de Venerable?

—El voto es secreto, hermano —respondió Roberto con total indiferencia.

—¡Ja! Si piensas que voy a rogarte para que me digas, estás muy equivocado.

Al cabo de unos segundos Antonio probó otra variante para captar su atención y salir de la discusión

—Pero dime una cosa, ¿alguien te ha llamado para pedirte el voto? —le preguntó a Roberto.

—¡Qué va! Se ve que soy un cero a la izquierda.

Roberto adoptó un leve tono de sorna y dijo:

—No como usted, "Señor Primer Vigilante", que ostenta un puesto importante. Imagino que ya varios se te habrán acercado...

—No, nada que ver. Tan solo el hermano Sergio me ha pedido hablar al respecto.

—What? ¿El mismísimo Maestro Sergio Fernández? ¡Te estás codeando con los grandes!

—Ya vas...

—¡Qué dices! Es uno de los tipos más influyentes y poderosos dentro de la Gran Logia de Panamá.

—Lo sé, pero no somos amigos ni mucho menos me estoy "codeando" con él. Solo me pidió que tomáramos un café esta semana para conversar. Nada más.

—Hey, pero juega vivo que ese man es como el emperador Palpatine de Star Wars. ¡Tiene las manos metidas en todo!

Guardó silencio un segundo y adoptó un tono de voz más reflexivo

—Y para serte bien franco, me resulta un personaje muy misterioso.

—Vamos, no exageres...

Roberto lo miró fijamente a los ojos con cara de incredulidad.

—Vale, está bien, quizá es medio manipulador y maquiavélico.

—¿Quizá?

—Pero dime, con toda honestidad: ¿quién en los altos cargos no lo es? Además, creo que es uno de los pocos miembros de nuestra logia que se toma la masonería realmente en serio.

—¡Espérate! ¿Y es que tú confías en él?

CAPÍTULO 14
COMIENZA
LA GUERRA

A la mañana siguiente el Venerable Gran Maestro se sentó en el comedor de su casa para desayunar. Y, como de costumbre, aprovechó para revisar con calma la correspondencia mientras tomaba café. Sin sospechar que ese día recibiría una noticia muy distinta. Entre el grupo de cartas descubrió un extraño sobre blanco que llamó su atención inmediatamente. No contenía ningún tipo de información que revelase la identidad del remitente ni quien estaba supuesto a ser el destinatario. Tan solo tenía tres puntos dibujados a mano, en tinta negra, en la cara frontal del envoltorio.

En su cabeza se encendieron todas las alarmas y el corazón empezó a latirle con fuerza. Sabía que se trataba de una señal y, de golpe, sospechó lo peor. El responsable del envío de ese sobre anónimo era, sin duda, un masón e intencionalmente quería que la máxima figura de la Gran Logia de Panamá lo descubriera por una sencilla razón: los tres puntos representan un símbolo importantísimo y de mucho peso dentro de La Orden.

Nervioso, el Venerable pegó un fuerte grito para llamar a la empleada de servicio.

—Carmen, ¿cómo llegó este sobre aquí?

—Lo trajo un muchacho esta mañana, muy temprano.

—¿Se identificó? ¿Dijo algo?

—No, señor. Solo dijo que era para usted y se fue.

—¡Rayos! —exclamó con furia, tirando de un solo golpe la taza de café al suelo.

—¿Se encuentra bien, señor?

—Retírese por favor.

Ni bien se quedó solo, seguro de que nadie lo observaba, el jerarca de la masonería panameña procedió a abrir el sobre.

Pese a la gran ansiedad que sentía y le oprimía el pecho, avanzó de a poco y con mucho cuidado, como si el contenido de aquel envío fuese una bomba. Cuando ya estuvo a punto de abrirlo cerró los ojos e inhaló profundamente antes de descubrir lo que había adentro. La habitación se llenó de un silencio ensordecedor y, por un segundo, tuvo la sensación de que el tiempo se detuvo una eternidad. Encontró un mensaje dirigido a él, junto a unos cuantos documentos muy puntuales y comprometedores que hubiese deseado jamás ver. Solo entonces comprendió el gran predicamento en el que estaba metido y entró en pánico. Sintió que todo estaba perdido. Y sin pensarlo dos veces tomó su teléfono celular y llamó al Gran Secretario de la logia.

—Escúchame, convoca a toda la cúpula para una reunión urgente y cuanto antes. —Hizo una breve pausa para recuperar el aliento— Me temo que ha llegado el momento, hermano. ¡La guerra ha comenzado!

***

Ocupado en su puesto de trabajo, Antonio sintió su teléfono celular vibrando en el bolsillo izquierdo de su pantalón. Al ver que la llamada provenía de un número no identificado, prefirió no contestar y seguir trabajando. Se había propuesto aprovechar el día al máximo para avanzar con las distintas tareas pendientes de la oficina. Pero, enseguida, la misma persona volvió a llamar e intrigado por la insistencia, respondió.

—Antonio, te habla Sergio Fernández.

—Maestro, ¿cómo está?

—Sé que llamo en mal momento, hermano. Pero necesito hablar contigo lo antes posible.

—¿Ocurre algo?

—No puedo darte ningún detalle por teléfono, debe ser en persona. ¿Podríamos reunirnos hoy?

—Sí, claro. Pero no salgo del trabajo sino hasta las 5 pm.

—Perfecto, te veo a las 5:30 pm en el restaurante Riko Pollo de Obarrio. ¿De acuerdo?

—Cuente conmigo, Maestro.

***

Dos horas más tarde, la plana mayor de la Gran Logia de Panamá se encontraba reunida en el templo masónico del popular barrio de Santa Ana. Había gran expectativa y preocupación en el ambiente, pues todos los presentes deseaban saber el motivo tan urgente por el que habían sido convocados. De inmediato, el Venerable Gran Maestro tomó la palabra.

—Hermanos, me temo que la guerra ha comenzado. —La oficina estalló en murmullos y exclamaciones— ¡Hagan silencio, por favor! Primero, debo ser franco con ustedes: Nos enfrentamos a una situación muchísimo más compleja de lo que pensábamos. Los extremistas religiosos que se han infiltrado en nuestras logias atacaron antes de lo previsto y nos amenazan de forma contundente. Están dispuestos a acabar con la Gran Logia de Panamá, cueste lo que cueste.

—Sin tanto preámbulo, Venerable —interrumpió el Maestro Sergio— díganos ¿qué ha ocurrido?

—En este sobre que tengo en mis manos se encuentra una lista con los nombres de todos los miembros de la masonería panameña. Por supuesto, en ella figuran hermanos que son políticos y empresarios de muy alto perfil, junto a información muy comprometedora que detalla sus vínculos con el poder: sus relaciones comerciales, negocios en los que están involucrados y, desafortunadamente, también los cargos gubernamentales que han ocupado, valiéndose de sus contactos dentro de La Orden. Todo está respaldado con fotos de cada uno de nosotros. Y en muchas de ellas aparecemos, incluso, aquí dentro del templo, ataviados con nuestros mandiles y joyas masónicas.

—Se trata de un ratón de casa, entonces. ¿no es así? —exclamó Sergio, con un intencional tono acusatorio.

—¿Qué dices?

Sergio hizo una pausa breve para pensar bien lo que iba a decir y escoger sus palabras. Y cuando estuvo seguro de su argumento contratacó con fuerza.

—Este nivel de espionaje no es obra de un simple infiltrado, señores, ¡el enemigo es uno de nosotros!

—¡Pero eso es imposible!

73.

La acusación de Sergio sacudió al grupo, provocando la histeria colectiva. De pronto las quejas iban y venían de todos lados, sin ningún tipo de reparo ni discreción. La cúpula ahora estaba dividida ante la crisis. Y, producto de la incertidumbre, el rumbo de la reunión comenzaba a zozobrar.

—¡Ya basta, silencio! —gritó exaltado el Venerable, intentando recuperar el control de la situación— Me temo que el hermano Sergio tiene razón. Frente a las pruebas que nos han llegado, todo indica que el líder de esta conspiración es, sin duda, uno de los nuestros. Pero eso no es lo peor, hermanos míos.

—¿A qué se refiere?

—¡Están decididos a todo! Puntualmente las evidencian que tienen se ensañan con gran precisión y maldad contra un hermano masón que es miembro fundador del partido gobernante. Actualmente él participa de las primarias de dicho colectivo político y tiene, hasta el momento, grandes probabilidades de ser uno de los candidatos en las próximas elecciones presidenciales del país.

—¿Se refiere a...?

—¡Correcto! A él también le llegó un sobre parecido con los documentos. Y tengo entendido que ya la cúpula del partido convocó a una reunión para discutir qué van a hacer al respecto. Los conspiradores exigen que nuestro hermano desista de sus aspiraciones de ganar la presidencia y abandone cuanto antes las primarias. Todo esto para que el candidato del Opus Dei, que ellos mismos van a postular en el partido que lidera la oposición, tenga mayores oportunidades de ganar las elecciones del próximo año.

—¿Y a nosotros qué nos piden?

—Nos dan 24 horas para que demos por terminada La Orden en Panamá y batamos columnas, de lo contrario...

—¿Qué pasa si nos negamos?

—¡Amenazan con destruir la buena reputación de nuestra hermandad! Su plan es publicar toda esa información nefasta que tienen en sus manos, armando un escándalo monumental en los medios de comunicación más importantes del país.

—Pero, Maestro, en La Orden conviven personas muy distintas entre sí —señaló el Gran Secretario—. Y sí, como

74.

en cualquier organización, seguro hay uno que otro miembro cuestionable pero es mentira que todos estemos metidos en negocios turbios. ¿Usted realmente cree que unos cuantos trapos sucios puedan afectarnos tanto?

—Por seguridad no revelaré la información contenida en estos documentos. pero si quieres saber mi opinión: yo no me correría el chance, hermano. ¡Nos tienen contra la pared!

—Eso está bastante claro, hermanos —interrumpió Sergio, levantándose de su silla para dirigirse al grupo—. ¡No sean ilusos! Si el Venerable nos ha reunido aquí con tanta urgencia y preocupación es porque la información que piensan utilizar en nuestra contra seguro es muy comprometedora... ¡y cierta! ¿O me equivoco, Gran Maestro?

Todas las miradas se enfocaron en el Venerable Gran Maestro. Y de golpe, su rostro se transfiguró en una rara mezcla de pudor e impotencia.

—Lamentablemente no, Sergio. No te equivocas.

—¡Ja! Es que no quiero ni imaginarme, la clase de porquerías y sinvergüenzas que saldrían a la luz pública si llegan a divulgarse esos documentos. ¿O es que acaso no se dan cuenta del problema en el que estamos metidos? ¡Los periodistas nos van a hacer añicos sin contemplación! Y la sociedad civil panameña nos tachará a todos por igual. Ya nadie querrá asociarse a los masones ni, mucho menos, pertenecer a La Orden. ¡Estamos perdidos!

Y tomándose el tiempo para mirar a cada uno fijamente a los ojos, señaló:

— Porque no importa la decisión que tomemos, mis hermanos, al final pagaremos justos por pecadores. ¡Y será nuestro fin!

—Debemos tomar una decisión pronto, señores. —sentenció el Venerable—. Y créanme, jamás pensé que diría esto, pero mucho me temo que no queda más remedio: por el bien de todos nosotros y nuestra sagrada hermandad, debemos hacer lo que nos piden.

—Yo secundo al Maestro —afirmó Sergio.

—No, ¡no puede ser!

—Pensemos un poco mejor las cosas, Maestro. Seguro debe haber otra salida.

—¡Sí!, ¿por qué no intentamos desenmascarar al traidor? ¡Hay que descifrar quién está detrás de todo esto!

CAPÍTULO 15
EL CABALLERO
DE COLÓN

Dentro de la Iglesia Católica se han formado muchas órdenes y sociedades religiosas que se mantienen activas, aunque no todas son tan conocidas globalmente como el Opus Dei. Una de ellas es la orden católica masculina llamada los Caballeros de Colón, que se creó en Estados Unidos el 29 de marzo de 1882. Fue fundada por el sacerdote Michael J. McGivney, estadounidense de origen irlandés que fungió como pastor auxiliar en la iglesia de Santa María, en la ciudad de New Haven, Connecticut. Y debe su nombre al colonizador español Cristóbal Colón por ser el responsable de la llegada del cristianismo al continente americano.

Dicha organización surgió, específicamente, en una época en la que se producían excomuniones vaticanas contra personas o grupos que eran catalogados como "enemigos" de la Iglesia y dentro de los cuales se encontraba la masonería. De hecho, en varias partes de su juramento se menciona, abierta y explícitamente, que entre los muchos deberes que han de cumplir sus integrantes están perseguir, combatir y exterminar a los masones. Pero eso no es todo. Cabe destacar que se trata, además, de una sociedad que nació con un marcado enfoque militar. Y prueba de ello es que, por ejemplo, al final del ya mencionado juramento los adeptos deben prometer textualmente lo siguiente: "Me proveeré de armas y municiones a fin de estar listo para cuando me sea ordenado defender la Iglesia, ya como individuo o en la milicia del papa".

Con los años, los pilares de los Caballeros de Colón fueron creciendo y fortaleciéndose poco a poco. Y la ideología practicada por esta sociedad religiosa se esparció más allá de Estados Unidos logrando una presencia formal en al menos 13 países al rededor del mundo. Uno de ellos es Panamá, donde se fundó el primer consejo de la orden en el año 1910, a inicios de la república, por influencia seguramente del estrecho vínculo cultural que floreció entre panameños y estadounidenses durante aquella época a causa de la construcción del Canal de Panamá. Ciertamente, su membresía no resultaba tan numerosa comparada con otras facciones religiosas más populares. Más bien se trata de una organización selectiva, conformada por gente poderosa que se preciaba de ser, por sobre todas las cosas, muy fieles a ella. Uno de los miembros panameños más entregados era Augusto López, joven abogado de 35 años de edad, de aspecto tosco y muy llamativo por ser un hombre grande y corpulento. Llevaba apenas tres años dentro de las filas de los Caballeros, pero su ambición y gran esfuerzo lo han ayudado a crecer y alcanzar notoriedad dentro de la organización ganándose de paso la confianza de todos. Así consiguió ascender en muy poco tiempo hasta el Tercer Grado de la orden, un estatus importante que le otorga al caballero el reconocimiento como un "caballero pleno". Sin embargo, pese a todo ese brillo que emanaba de esta nueva distinción no podía decirse que Augusto, en el fondo, representase el más digno ejemplo de integridad precisamente, sino todo lo contrario.

Al principio, cuando tocó la puerta de los Caballeros de Colón, su decisión poco tuvo que ver con la religión católica o una búsqueda espiritual per se. Aunque esencialmente se identificaba como creyente. Descubrió la organización, en realidad, gracias a una recomendación pragmática que le hizo un copartidario suyo, miembro del colectivo político en el que militaba desde hacía más de 10 años. Y cuando finalmente logró entrar, su prioridad no fue fortalecer las raíces de su fe, exactamente. Lo que él más quería era "llegar lejos en la vida", conocer gente importante y hacer conexiones que le aseguraran un futuro exitoso en la política y los negocios. Nada más. Y si podía lograrlo a través de la fe, pues así iba a ser. Ahora bien, su presencia allí no resultaba del todo arbitraria o meramente casual ya que él comulgaba a la perfección con uno de los preceptos más radicales y antiguos de la orden religiosa: su odio por los masones.

El corazón de Augusto estaba lleno de rencor. Cinco años atrás había intentado entrar a la masonería. Era su sueño dorado y, en su cabeza, su admisión era un hecho asegurado dadas sus influyentes conexiones políticas y familiares. Pero justo en el último minuto, cuando ya pensaba que tenía su ingreso metido en el bolsillo, fue rechazado tajantemente y sin recibir ningún tipo de explicación. Frustrado y muy enojado, intentó averiguar qué había pasado por todos los medios posibles. Pero ni uno solo de sus contactos conocía a ciencia cierta los detalles de lo ocurrido hasta el sol de hoy, jamás encontró una respuesta que lograra disipar toda la rabia que lo carcomía por dentro. Al contrario, la única teoría que un allegado suyo le brindó solo ayudó a perpetuar su coraje, ya que este le dijo que, al ver su aplicación, un alto jerarca masón le había dado "bola negra".

Frente a lo ocurrido, Augusto sintió que había sido humillado injustamente. Y en su búsqueda encontró en los Caballeros de Colón un lugar donde podía compartir con otros su gran odio por los masones. Más aún, y sin que él jamás lo hubiese imaginado, la sociedad religiosa también estaba a punto de darle la tan esperada oportunidad de vengarse. Así fue como apenas pasadas las 12 del mediodía recibió una llamada importante en su teléfono celular. La misma provenía de un número desconocido.

—¿Bueno?

—¿Augusto, eres tú?

—¿Quién habla?

—Soy tu superior desconocido. Tu guía en los Caballeros de Colón.

—¡Maestro! Dígame en qué puedo servirle.

—Quiero felicitarte por el nuevo grado que has alcanzado. Y también decirte que, con este nuevo paso no solo adquieres jerarquía y respeto dentro la organización. Ahora también tendrás que hacerte cargo de grandes responsabilidades.

—Será un honor, Maestro. Puede contar conmigo para lo que sea necesario.

—Me alegra oír eso, hermano... porque ha llegado el momento de demostrar tu lealtad hacía nuestra hermandad. Has sido elegido para realizar una misión delicada y muy importante.

¿Crees que estás listo para realizar esta prueba?

—¡Por supuesto!

—Eso espero, Augusto. Nos reuniremos esta noche en el Casco Viejo. Te espero a las 7 pm en punto, en el confesionario de la iglesia de San Francisco de Asís.

—Perfecto, ahí estaré.

CAPÍTULO 16
SE DESVELA
UN MISTERIO

Mientras sorteaba el denso y pesado tráfico de la capital panameña, Antonio se preguntaba cuál sería el motivo de esta reunión tan urgente. Si bien las elecciones para el nuevo Venerable estaban bastante cerca, dudaba que esta fuese la verdadera razón del encuentro. Además, luego de hablar con él por teléfono, pensó que Sergio se había comportado muy extraño durante la llamada pero no lograba comprender por qué. Así las cosas, el asunto pintaba misterioso y él estaba genuinamente intrigado. Incluso pensó en llamar a su amigo Roberto para contarle y saber su opinión. Pero luego de pensar mejor las cosas, prefirió atender la cita primero y contarle los detalles luego.

Afortunadamente para él y su insaciable curiosidad, el sitio acordado quedaba relativamente cerca de su trabajo y pudo llegar a tiempo. Al cruzar la puerta principal del restaurante divisó inmediatamente a Sergio, quien se encontraba en el fondo, esperándolo en una de las mesas más apartadas del local. Este lo recibió con un abrazo fraterno. Un gesto que llamó la atención de Antonio pues, en efecto, no eran tan cercanos.

—Antonio, mil gracias por venir. Y, ante todo, te pido disculpas por citarte sin previo aviso y con tanta urgencia.

—No es nada, Maestro. Afortunadamente tenía la tarde libre y podía atenderlo. Así que dígame ¿en qué puedo serle útil?

—Antes debo ser directo contigo: voy a contarte algo muy delicado y nadie más puede enterarse, ¿ok?

—Sí, claro.

—Estoy hablando muy en serio, hermano. —Sergio miró alrededor de la mesa antes de proseguir para asegurarse de que no los estaban observando—. Nadie sabe que te he citado aquí,

81.

¿entiendes? Y por la escuadra y el compás, máximo símbolo de nuestra hermandad, debes jurarme que nadie nunca lo sabrá. ¿Estamos claros?

—Puede contar con mi discreción, Maestro. Pero dígame, por favor, que ya estoy algo nervioso ¿qué es lo que ocurre?

—Lo peor, Antonio: La Orden se encuentra en un peligro tremendo.

Con pelos y señales, Sergio le contó todo lo relacionado al complot religioso contra la hermandad, procurando explicar a cabalidad la gravedad del asunto. Antonio quedó perplejo de un solo tajo, ante los escabrosos detalles de la angustiante trama y el alto nivel de corrupción al que habían llegado muchos hermanos dentro de La Orden. También se sintió muy triste y consternado al darse cuenta del funesto desenlace que podría sufrir la hermandad con todo esto por culpa de la desfachatez y putrefacción de la ambición de los seres humanos. E instintivamente recordó al viejo Martínez y el relato que le contó justo la noche anterior sobre las luchas de poder interno de la masonería.

—¿Por qué me cuenta todo esto, Sergio?

—¡No puedo quedarme con los brazos cruzados! Y tú eres de los pocos hermanos en quien confío en este momento.

—¿Pero qué podemos hacer? ¿Acaso tiene alguna pista o indicio que nos ayude a desenmascarar a los traidores?

—Mira, Antonio, lo último que quiero es provocar una cacería de brujas, pero hay que actuar cuanto antes. Y sí, yo... —Sergio respiró hondo antes de continuar— yo sospecho de Mendoza, el nieto del ilustre masón Carlos A. Mendoza.

Visiblemente molesto, Antonio apretó fuertemente el puño de la mano derecha, al escuchar otra vez mencionar el pasado glorioso del "ilustre masón" y de ese apellido que para él era un sinónimo de injusticia contra su familia. Por más que él ya no quisiera y luchase constantemente contra ese sentimiento que lo carcomía por dentro, la teoría de un posible complot de los Mendoza contra su tatarabuelo aún lo atormentaba día y noche.

—¿Mendoza? ¿Está seguro, Maestro?

—Lastimosamente no puedo asegurar nada aún, ¡pero tengo una fuerte corazonada, hermano! Y es que algo me dice que él o alguno de los suyos podría estar detrás de toda esta infamia o, al menos, están vinculados de alguna forma con los responsables.

—¿Y por qué justo él?

—Al principio pensé que era solo un prejuicio de mi parte, pues para nadie es un secreto que no soporto ni confío en él. Llevo muchos años observándolo detenidamente, viendo cómo se aprovecha de su apellido y del legado de su abuelo, el expresidente, para alcanzar lo que quiere. ¡Pero a mí no me engaña! Lo conozco muy bien y puedo asegurarte que tiene intereses que no convienen a La Orden.

Hace una pausa antes de rematar:

—Y créeme, si estuviese vivo su abuelo estaría muy decepcionado de él.

La última frase de Sergio caló hondo en Antonio. El joven masón quedó fuera de sí por un segundo, abstraído de todo lo que le rodeaba, mientras escuchaba cómo esas palabras se repetían en su pensamiento, una y mil veces, tratando de descifrar su origen. Hasta que lo encontró, era justo lo que Martínez había dicho la noche anterior.

—¿Te pasa algo, Antonio?

—No, nada —volviendo en sí, rápidamente—, solo que un buen amigo me dijo exactamente lo mismo.

—¡Es que es verdad, Antonio! Pero al margen de lo que ya sabemos, solo piensa un segundo en esto: hasta este momento él es el candidato favorito para ganar las elecciones a la Veneralía de la Gran Logia. Y si por alguna razón milagrosa lográsemos desmantelar a tiempo los planes de estos conspiradores o simplemente nos negamos a batir columnas como ellos anhelan, Mendoza tendría el camino libre para conquistar la cúpula de la masonería panameña. ¡Precisamente lo que ellos quieren! —Sergio hace una pausa esperando alguna reacción de su interlocutor— ¿O es que acaso no lo ves? Ellos deben tener algún "Plan B" preparado. ¡Y él es el comodín perfecto!

—Claro que sí, Maestro. Pero sin tener pruebas, ¿cómo procedemos?

—Hay algo que podemos hacer pero te advierto, es un plan muy arriesgado e implica destapar un secreto antiguo y demasiado oscuro que ya no vale la pena seguir guardando. Por eso he decidido recurrir a ti y contarte toda la verdad, Antonio. Ya que tiene que ver contigo y la memoria de tu querido tatarabuelo: el prócer Ernesto Goti.

CAPÍTULO 17
EL MOMENTO
HA LLEGADO

El mundo de Antonio se derrumbó en mil pedazos al escuchar el nombre de su tatarabuelo en boca del maestro Sergio. No podía comprender cómo esta trama de la que acababa de enterarse, con visos cinematográficos y compuesta de intrigas y escándalos, se conectaba de alguna forma con los intríngulis de su drama personal y familiar. Además, en estos siete años, como integrante de la hermandad, jamás se le ocurrió que este connotado masón pudiese estar al tanto de ese aspecto tan sensitivo e inconcluso de su vida. Se reprochó enérgicamente por su falta de malicia, ya que quizá de haberlo sospechado hubiese podido preguntarle al respecto y resolver su conflicto mucho antes. Pero ya no quedaba tiempo para reprocharse más nada. Justo ahora había llegado el momento de actuar.

—Un momento, Sergio, ¿cómo se enteró usted de mi parentesco con Ernesto Goti?

—Ay, hermano... lamento tocar el tema así tan abruptamente, porque imagino que es delicado para ti. Pero en La Orden todo se sabe. Y como ya te habrás dado cuenta el día de hoy no hay secreto que dure 100 años.

—No sé qué decir, la verdad. —Antonio intentó calmarse y ordenar sus ideas—. Agradezco su sinceridad, Maestro, pero toda esta situación es bastante rara y confusa.

—Y puede que lo que te diga ahora te haga sentir mucho más confundido y molesto. Sin embargo, debo hacerlo.

Frotó sus manos por encima de la mesa y adquirió un tono más solemne:

—Mira, Antonio, hay muchos aspectos negativos de La Orden que tú desconoces. Y, antes de encabronarte y juzgarnos a todos por igual, debes comprender que en nuestra organización ha existido todo tipo de integrantes. Algunos, aunque imperfectos como la piedra bruta, procuramos ser honrados y correctos, como tú y yo. Pero hay muchos otros que, lastimosamente, no son así.

—Ya, por favor. No le demos más vueltas a esto.

Y mirando fijamente a Sergio a los ojos dijo

— Dígame, ¿qué es lo que está pasando?

Sergio procedió a relatar la siguiente historia. Hace más de 50 años un grupo de masones sin escrúpulos robaron y escondieron la copia original del Acta de 1903, escrita a puño y letra por el mismísimo Ernesto Goti. En principio, y según se han contado los hechos, estos mercenarios no tenían ningún motivo personal o político contra el tatarabuelo de Antonio. Solo lo hicieron para engrandecer la memoria póstuma de Carlos A. Mendoza, alegando que él había sido el verdadero redactor del Acta, a cambio de obtener algunas prebendas y mayor poder dentro de la hermandad.

Tiempo después, a finales de los años 60, otro clan de hermanos masones norteamericanos que no estuvieron de acuerdo con semejante fraude descubrieron unos documentos históricos que demostraban este sucio complot y desmantelaban la oscura mentira que ya habían logrado oficializar los infames. Sin embargo, no actuaron inmediatamente. Decidieron mejor esconderlos en un lugar seguro donde nadie pudiese encontrarlos a la espera de una coyuntura política favorable para utilizarlos y denunciar todo el asunto. A finales de la década de los 70, después de la firma de los tratados Torrijos-Carter, algunos de estos masones que operaban en la Zona del Canal en vista de la incertidumbre de qué sería de ellos tras la transición a manos panameñas y preocupados por el panorama que se deslumbraba para la masonería en nuestro país decidieron dejar esta información valiosa para que futuros masones panameños la encontraran. Y para ello crearon un sistema encriptado de búsqueda a base de pistas y códigos secretos que los ayudase a recuperarlos cuando fuese necesario. Pero, lastimosamente, eso nunca ocurrió.

La década de los 80, liderado por el general dictador Manuel Antonio Noriega que culminó con la invasión de Estados Unidos

86.

el 20 de diciembre de 1989, sacudió los cimientos de la sociedad panameña para bien y para mal. Le tocará a la historia juzgar el impacto de este hecho histórico. Pero lo cierto es que la realidad del país mutó abruptamente. Y aquel terremoto político, con los cambios y las complicaciones que trajo consigo, sepultó la gran oportunidad que tuvieron estos hermanos masones de develar toda la verdad sobre Ernesto Goti y El Acta de 1903. Afortunadamente no todo está perdido. Aunque nadie sabe a ciencia cierta dónde permanecen escondidos estos documentos, se cree con bastante certeza que han sobrevivido al paso del tiempo y aún existen. Solo cabe esperar que un verdadero masón, inteligente, valiente y capaz de descifrar todas las pistas que conducen a su ubicación se atreva a emprender la búsqueda.

—¡Le juro que no lo puedo creer! ¿O sea que todo este tiempo la teoría de la bendita conspiración masónica contra mi antepasado ha sido cierta?

—Claro que es cierta, hermano. Y ahora ha llegado el momento de desenmascarar a los conspiradores y enmendar todo el daño que le han hecho a tu familia con esta gran injusticia.

—Ok, pero hay algo que no entiendo: ¿cómo se relaciona el complot alrededor del Acta de 1903 con la extorsión que están perpetrando ahora los religiosos infiltrados en La Orden?

—Por Mendoza y las chances que tiene de convertirse en el nuevo Venerable. ¡Estoy convencido de que ese tramposo está involucrado en todo esto!

Bebe un sorbo de agua, intentando calmarse y recuperar la compostura.

—Mira, este dato no lo sabe nadie, pero justo cuando estallaba esta guerra en la que estamos metidos ahora escuché, de muy buena fuente, que los hermanos que apoyan a Mendoza se han organizado para encontrar esos documentos y destruirlos. Temen que todo esto salga a la luz pública y perjudique la credibilidad de su candidato. ¿Por qué tienen urgencia ahora, cuando pudieron deshacerse de ellos hace mucho tiempo? ¿Y a qué le tienen miedo? Si ellos no tuvieron una implicación real ni directa, en lo que ocurrió hace más de 50 años. Dime, por favor: ¿acaso a ti no te resulta sospechoso?

Nervioso y algo aturdido por no comprender a cabalidad en qué se estaba involucrando, Antonio dudó en responder inmediatamente lo que pensaba. Pero luego de cavilar por un instante en sus sentimientos y pensamientos, y analizar todos los argumentos presentados por Sergio, fue poco a poco despertando de su letargo y confusión.

—Tiene razón. ¡No podemos permitir que se salgan con la suya!

—Escucha con atención, Antonio. Sé que todo esto puede resultar descabellado, pues lo único que tengo en su contra es una corazonada. ¡Pero el tiempo se agota! Y ahora más que nunca necesito que confíes en mí para lograr salvar la masonería panameña.

—Yo le creo, Maestro, solo que…

—Todo lo que tenemos que hacer es encontrar primero esos documentos que demuestran que Mendoza es un farsante y utilizarlos en su contra. Con esas pruebas en nuestro poder podríamos obligarlos a que confiesen públicamente todo lo que saben. Y probablemente dar con los cabecillas de este complot religioso y desmantelar su plan macabro.

Sergio tomó a su interlocutor del brazo, lo miró directo a los ojos y bajó un poco la voz antes de seguir.

— Piénsalo, Antonio, podrías ser el héroe de esta historia. Y aprovechar, además, la única oportunidad que te queda para hacerle justicia a la memoria de tu pobre tatarabuelo. — Entonces, contraataca con firmeza— ¿No era eso lo que tanto querías? A menos, claro, que…

—¿Qué?

—Bueno, que no te sientas capaz de realizar esta decisiva prueba.

—¿Yo?

—¡Por supuesto! Quién más que tú para ir en busca de las pistas, descifrar este maldito enigma y salvar el buen nombre de don Ernesto Goti, el prócer mancillado.

—Está bien, Maestro. ¿Cómo inicio la búsqueda?

CAPÍTULO 18
A BUSCAR
REFUERZOS

Con sumo cuidado y discreción, Sergio le entregó a Antonio un pequeño sobre cerrado. En él se encontraba el único dato de esta arriesgada búsqueda, que poseía el enigmático ex Venerable: el acertijo inicial que revelaba el paradero de la primera pista. Esta formaba parte de una serie de códigos encriptados que ahora debían descifrar para dar con el sitio secreto, donde se encontraban escondidos los documentos que revelan el sucio complot histórico. Fuera de esto, lo único otro que sabía el connotado hermano es que la búsqueda debía iniciarse en el templo masónico de Calle 13, ya que, según cuenta la leyenda, dicha pista podría estar escondida en uno de los salones.

—No abras el sobre aquí, por favor. Es muy probable que nos estén observando...

Miró alrededor en busca de algún sospechoso.

—Y por nada del mundo compartas esta información con nadie más, Antonio. ¿Estamos claros?

—Pero Maestro, no sé si pueda lograrlo solo.

—¿Qué dices? De ti depende el éxito de esta misión.

—Es que ni siquiera sé a qué me estoy enfrentando. ¿Qué tal si luego necesito ayuda? Tenemos poco tiempo, realmente. Y convengamos que dos cabezas piensan mejor que una. Así que si me lo permite... —Empleando una leve inflexión de la voz que dejaba entrever su nerviosismo— me gustaría compartir el secreto con alguien más.

—Preferiría que no.

E hizo una pausa para reflexionar.

—Pero si lo crees necesario no me opondré. Solo deben tener mucho cuidado, ¿ok?

—Por supuesto.

—Esto no es un juego, muchacho. Procura hacer equipo con una persona discreta y valiente. Y que cuente con tu absoluta confianza.

—De eso puede estar seguro, hermano.

Al salir del restaurante, los masones se despidieron con un fuerte apretón de manos y se separaron sin mirar atrás. Mientras se dirigía a su auto, Antonio tomó su teléfono celular e inmediatamente llamó a Roberto, pero este no contestó. Intentó varias veces más y nada, todo fue en vano. Entonces pensó que, dada la hora que era, seguramente su amigo se encontraba ya dando clases en la Universidad de Panamá y tendría su teléfono en silencio. Afortunadamente, el campus central de la institución estaba ubicado muy cerca del área. Así que, sin pensarlo dos veces, encendió el vehículo y se dirigió hacia allá.

Fue directo a la Facultad de Derecho, donde Roberto estudiaba una nueva maestría. Recorrió con prisa los pasillos del edificio, atestados de chicos y chicas en plena faena estudiantil. Algunos de ellos debatían acaloradamente sobre política, injusticia social o las leyes de la república; mientras había otros que, como no podía faltar, se divertían tocando sus instrumentos musicales entre clase y clase, en improvisadas y amenas veladas culturales. Cierto era que para Antonio toda esta vida universitaria era fascinante y muy llamativa, pero se enfocó en su objetivo y siguió adelante, ya que no era el momento de distraerse o reparar mucho en ello.

Siguió su búsqueda a ciegas, sin tener una clara idea del paradero de su amigo. Hasta que al llegar al segundo piso pasó frente a un salón de clases, en cuya puerta cerrada figuraba el número 93 escrito a mano con un marcador negro. Esto llamó su atención poderosamente, ya que dicha numeración, que había sido puesta a propósito, no se correspondía con la de los otros salones del piso. Además, el 93 es un dígito de suma importancia para los Thelemistas: corriente filosófica que está basada en la máxima "Haz tu voluntad: será toda la ley". Fue fundada a inicios del Siglo XX por el masón y ocultista inglés Aleister Crowley, de quien precisamente Roberto era un gran admirador. De golpe, le pareció que se trataba de una señal tan clara que no podía ser una simple casualidad. Entonces, agarró la chapa e intentó abrir la puerta, pero ésta se encontraba cerrada con llave. Sin embargo, guiado por una corazonada, tocó con fuerza tres golpes en la puerta esperando a que alguien le abriera. Y al cabo de unos pocos segundos, el rostro de su compañero de fraternidad se asomó a la puerta.

—Antonio, ¿qué haces aquí?

—¡Te he llamado mil veces y no contestas!

—Pero, ¿qué es lo que pasa? Estoy en medio de una sesión con el grupo nuevo de cábala y esoterismo que formé aquí en la facultad. Pensé que te había contado, hermano. ¿Quieres participar?

—No hay tiempo para eso, Roberto.

Sujetó con fuerza a su amigo por los hombros.

— Mira, acabo de salir de una reunión con el maestro Sergio Fernández y me ha encomendado una misión delicada y sumamente importante. Voy a necesitar ayuda para lograrlo. ¿Te gustaría acompañarme?

—¡Claro! Pero ¿de qué se trata?

—Te contaré todos los detalles en el camino, hermano. Pero eso sí, ¡salgamos ya! Debemos ir al templo cuanto antes.

—¡Vamos!

CAPÍTULO 19
EL ALTAR: EL INICIO
DE LA BÚSQUEDA

Tal como lo había prometido, Antonio le brindó a Roberto un reporte pormenorizado de la situación, mientras se dirigían a la primera parada de la noche. Y justo a las 7 pm en punto este par de amigos llegaron al recinto masónico de la Calle 13, en el barrio de Santa Ana. Para su desgracia, el sitio estaba totalmente lleno a esa hora y no había dónde estacionar. Sin embargo, al reconocerlos el señor que trabajaba como celador se acercó a ayudarlos. Y les dijo que si se trataba de una visita rápida podían resolver dejando el auto mal estacionado, bloqueando algún otro vehículo mientras tanto.

—Gracias, hermano. No vamos a demorar mucho realmente. Solo vamos a recoger algo y nos vamos —le dijo Antonio al celador—. Por cierto, ¿por qué está tan lleno hoy? ¿Sabes qué está pasando?

—Creo que hay una ceremonia de exaltación en el templo de arriba.

—Vale, gracias —le respondió Roberto.

Luego dirigiéndose a Antonio dijo

—¡Oh, rayos! ¡Lo que nos faltaba! Entremos rápido al edificio y veamos qué podemos hacer.

—No, espera. —Antonio recordó los consejos de Sergio— Debemos ser astutos y discretos, más si el sitio está tan lleno. Creo que lo mejor es que estacionemos primero el auto y leamos el acertijo aquí mismo, antes de entrar.

Entonces los jóvenes masones abrieron el pequeño sobre blanco y descubrieron un papel que decía lo siguiente:

El tesoro lo encontrarás alejándote de la luz. Comenzarás en el corazón del taller y la primera pista estará en la silla del heredero del templo de Salomón, donde el oriente se cruza con el sol poniente y haya precedido a la vuelta completa del sol los trabajos.

—Mmm... sospecho que lo que estamos buscando se encuentra justo en el mismo templo, debajo de la silla donde se sienta el Venerable Maestro —comentó Antonio.

—¡Pero ahora mismo está ocupado! Uff... vamos a tener que esperar a que culmine la ceremonia para poder entrar —lamentó Roberto.

Y luego de mirar su reloj dijo:

—En ese caso será mejor que te prepares para una noche muy larga, Antonio, porque seguro que esa reunión apenas está iniciando.

—Aguanta un segundo.

Antonio reparó en el acertijo nuevamente

—¿Por qué crees que dice "Donde el oriente se cruza con el sol poniente"? Es un dato muy específico. Digo, la silla claramente está en el este simbólico del templo, pero no es necesariamente donde el sol sale por la mañana. Pero cuando dice "se cruza", creo que está señalando algo relevante.

—¡Buen punto! A ver... —Roberto reflexionó durante algunos segundos— ¿Tu reloj tiene una brújula, cierto? —Antonio asintió con un movimiento de cabeza— Rápido, pásamelo y déjame ver algo.

Y luego, señalando hacia el frente con ayuda del instrumento de medición señaló

—El este se encuentra en esa dirección.

—¡Exacto! Pero el templo del primer piso no está orientado hacia el este, sino hacia el norte. Se entra por el lado izquierdo, ¿recuerdas?

—Sí.

—Entonces, la silla del Venerable está realmente ubicada hacia el norte, de acuerdo con los puntos cardinales y la brújula. Eso quiere decir que la pista no está ahí...

Por descarte, Antonio descubrió algo importante

—¡Seguramente está escondida en el templo de abajo! —comentó.

—Claro, ¡cómo no se me ocurrió antes! —admitió Roberto.

En efecto, el edificio de la Gran Logia de Panamá contaba con dos cámaras que servían como templo. "La de arriba", como comúnmente se le decía, era la principal, ya que era imponente y de gran tamaño, por lo que estaba reservada para los eventos más importantes. Y luego estaba "La de abajo", ubicada en la planta baja, justo detrás de la escalera central de la vetusta edificación. Era más pequeña y por eso usualmente las logias solo se reunían ahí cuando la otra estaba siendo utilizada en alguna ceremonia, como ocurría en aquel momento.

Antonio y Roberto bajaron del auto de inmediato para preguntarle al celador si el templo de abajo también estaba ocupado. Este les dijo que se encontraba libre, ya que la mayoría de las logias que tenían reunión esa misma noche habían pedido dispensa para participar de la gran ceremonia de exaltación que ocurría en el salón de arriba. Y con esta confirmación entraron al templo sin más dilación, decididos a encontrar la primera pista antes de que el destino torciera su suerte.

***

Mientras tanto, sin que Antonio y Roberto tuviesen la más mínima sospecha, la sombra de un grave peligro se cernía sobre ellos y sus planes de salvar La Orden. A solo un kilómetro de distancia, en el confesionario de la Iglesia de San Francisco de Asís ubicada en el Casco Viejo, se estaba dando una reunión secreta entre Augusto López y su superior desconocido, miembros de la cofradía religiosa llamada Caballeros de Colón, para desmantelar el futuro de la masonería panameña.

—¿Ahora entiendes la importancia de tu misión, Augusto?

—Por su puesto, Maestro.

—Debemos conseguir esos documentos, ¡cueste lo que cueste!

El Maestro se recompuso y volvió a bajar la voz.

—Sigue de cerca a ese par de masones herejes, mientras estén realizando la búsqueda. Y no les hagas ningún daño hasta que hayan terminado.

—¡No los necesitamos! —respondió Augusto con un tono intencionalmente servil—. Yo también podría encargarme de resolver esas pistas si usted me brinda la confianza, Excelencia.

—¡Silencio! Haz estrictamente lo que te digo y solo síguelos.

Luego, cuando finalmente hayan encontrado los documentos que tanto precisamos, ¡debes quitárselos de inmediato!

El Maestro hizo una pausa y su voz cobró un tono macabro

—Solo entonces tendrás total potestad para eliminar a ese par de inescrupulosos servidores de Satanás, si te place.

—Así lo haré, gran Maestro.

—Se llaman Antonio Goti y Roberto Henríquez. Justo debajo de donde estás sentado encontrarás un pequeño sobre con sus fotos y la descripción del auto en el que viajan. Ve inmediatamente al templo de la Gran Logia de Panamá, ahí encontrarás a esos idiotas. ¡Y no los pierdas de vista!

Augusto salió del confesionario, caminó rápidamente hacia su auto y se enfiló directo hacia el destino que le habían señalado. En su rostro áspero y tosco, cincelado a punta de amarguras, se dibujó una leve sonrisa siniestra. Finalmente, a este hombre corroído por el rencor le había llegado lo que tanto había esperado. Era su gran oportunidad para vengarse de una vez por todas de La Orden por el desprecio y la humillación que le hicieron hace cinco años atrás. Desenmascararía a esos engreídos masones, que se creían superiores al resto. Y no estaba dispuesto a desaprovechar la oportunidad.

***

Sin ser vistos, Antonio y Roberto lograron escabullirse y entrar al templo de la planta baja, que efectivamente se encontraba vacío. Encendieron las luces y, con brújula en mano, lo primero que hicieron fue cerciorarse de que la silla del Venerable Maestro estuviese colocada hacia el oeste, en la misma dirección que el Sol poniente.

—¡Tenías razón, Antonio! Ahora veamos dónde está escondida esa pista.

Roberto tanteó por debajo de la silla, inspeccionando en busca de algo

—Qué va, aquí no hay nada. ¿Será que tendremos que partirla en dos?

—Deja de hablar locuras, por favor. Y pensemos por un momento.

Antonio revisó nuevamente el papel con el acertijo

96.

—Mmm... Mira aquí, la segunda parte dice "que haya precedido a la vuelta completa del Sol". Esto debe referirse al tiempo en que se ha ocupado la silla. Y cuando habla de la vuelta del Sol debe tener relación con el paso de un año.

—Pero claramente un Venerable no tiene aún ese tiempo ocupando el cargo, a menos de que ya haya cumplido con su periodo.

—¡Exacto! La única otra posición que tiene estas características es la de Past Master: Maestro Pasado Inmediato, que también se sienta en el este simbólico. Anda, ¡revisa ahí!

—¡Aquí está!, ¡la encontré! Es una inscripción tallada en la superficie de la silla.

Roberto observó detenidamente el hallazgo.

—Se trata de otro acertijo.

Para encontrar el secreto debes viajar con dirección al amanecer. La columna te guiará: Liberté, égalité, fraternité. Donde inicie el día y presidan los trabajos, te esperará para sucumbir a la profundidad. La clave la encontrarás en la puerta, bajo los que se sacrificaron para que recibiéramos la luz y cuyos nombres han sido olvidados.

—¿Qué hacemos? ¿Apuntamos todo eso?

—Le tomaré una foto con el celular y larguémonos de aquí.

Templo Masónico de la Gran Logia de Panamá, inaugurado el 7 de marzo de 1925. Foto: Jason Lloyd.

CAPÍTULO 20
LO QUE ESTÁ EN JUEGO
ES MUCHO MÁS

Ya con la primera, pista en su poder, el par de amigos se disponía a cruzar el umbral del viejo edificio en dirección al estacionamiento, cuando de pronto fueron interceptados inesperadamente por el conserje.

—Señor Antonio, señor Antonio, ¡espere!

—¿Qué pasa?

—Tiene una llamada telefónica en la oficina.

—¿Estás seguro de que es para mí?

El empleado asintió con la cabeza

—¿Y quién llama?

—No sé, no pregunté. Solo me dijeron que deseaban hablar urgentemente con usted.

Sorprendido, Antonio miró por puro instinto a Roberto, como buscando alguna reacción o señal de aprobación de su parte. Sin embargo, este último simplemente encogió los hombros, sin poder articular ninguna respuesta. Ante la duda, el joven Goti ordenó sus ideas. Y decidió mejor atender esa extraña llamada anónima.

—Espérame en el auto, ¿vale? —le pidió a Roberto—. Atiendo esa llamada y nos vamos.

—Ok.

Con prisa, Antonio entró a la oficina vacía y levantó el auricular.

—¿Aló?

—Antonio, ¿eres tú?

—¿Quién habla?

—Soy yo, Sergio.

—¿Sergio? ¿Qué pasa?

—Hermano, tu vida corre peligro. Se han dado cuenta de lo que estamos haciendo y vienen por nosotros.

—Pero, ¿de qué estás hablando?

—¡De la búsqueda! Aún no sé quién, pero intentaron asesinarme. Y es alguien que está al tanto de los documentos que estamos rastreando.

—¿Cómo? ¡No puede ser!

—No uses tu celular, seguramente están interceptando nuestras llamadas. Por eso te llamé al templo para avisarte, imaginé que estarías aún ahí. Por suerte pude escapar y encontré un teléfono público, pero no sé por cuánto tiempo pueda mantenerme a salvo. Por favor, continúa con la búsqueda y tengan muchísimo cuidado.

—Tranquilo, así lo haremos.

—Ahora más que nunca es muy importante que encontremos esos documentos. Es la única alternativa que nos queda para desmantelar este sucio complot. Por favor, busca...

Sergio interrumpió lo que estaba diciendo inesperadamente

—¡Suéltenme! ¿Qué es lo que quieren? ¡Suéltenme!

—¿Sergio?

—Huye, Antonio, ¡huye!

De golpe, el maestro masón dejó de hablar y hubo un breve silencio en la línea.

—¿Hola? ¿Sergio, qué pasa? —Luego de una pausa, Antonio insistió sin obtener respuesta— ¿Bueno? ¡Sergio, contesta!

Y una voz misteriosa, más calmada y grave, se escuchó abruptamente.

—Sergio no está, "hermano".

Y luego de una carcajada macabra advirtió:

—Si quieres verlo con vida más vale que mañana a primera hora, antes de que salga el Sol, me entregues esos documentos. De lo contrario, tu amigo Sergio morirá y su sangre caerá sobre tus hombros.

—Por favor, ¡no le hagan daño!

—Eso va a depender de ti, Antonio.

—¿Cómo sabe mi nombre?

—Deja de hablar idioteces y escúchame bien. Si tú y tu amigo intentan alguna estupidez, como llamar a la policía o pedir refuerzos, no solo liquidaremos a Sergio...

Sobrevino una pausa que hizo escalar la zozobra al máximo.

—Tu madre también pagará caro las consecuencias.

—¿Mamá? —a Antonio se le vino el mundo abajo— ¡No, por favor!

—Entonces haz lo que te digo. Créeme, no es muy difícil en este país encerrar a una vieja extranjera sin nadie que la proteja. Tenemos muchas amistades que disfrutarían deshaciéndose y viendo sufrir a una bruja hereje.

—¡Con mi madre no se metan!

—Entonces asegúrate de encontrar esos documentos pronto y entregármelos. De lo contrario, te juro que tu vieja se pudre en la cárcel.

Y, sin previo aviso, la voz misteriosa cortó la llamada. Perplejo y visiblemente en shock, Antonio quedó pasmado y sin capacidad de respuesta. Pero al toque reaccionó, tomó su teléfono móvil y marcó inmediatamente a su madre para advertirle sobre lo que estaba pasando. Desafortunadamente, el timbre sonó varias veces y ella no contestó. Y apenas cerró para volver a marcar, el joven masón recibió una llamada proveniente de un número privado. Asustado y sin saber qué hacer dejó que sonará un par de veces. Luego del tercer timbrazo contestó. Y al acercar el auricular volvió a escuchar la misma voz misteriosa.

—¿Intentando llamar a casa? Recuerda lo que te advertí y no pongas a prueba mi paciencia. ¿Está claro?

—Está bien, ¡está bien!

—Los tengo acorralados.

El villano fantasma detrás de tan viles amenazas colgó sin esperar alguna respuesta. Antonio quedó muy asustado. Y como alma que lleva el diablo salió corriendo despavorido de la oficina y se dirigió al estacionamiento. Por su parte, Roberto al ver a su amigo acercarse al auto a toda marcha, con el rostro desencajado y la mirada perdida, cual si hubiese visto un fantasma, supo de inmediato que las cosas no andaban nada bien.

—¡Las llaves! ¿Dónde están las llaves?

—Antonio, cálmate.

—¡No encuentro las llaves!

—Pero mírame a los ojos, por favor. ¿Qué es lo que pasa?

—Esto es muy peligroso, Roberto. ¡No tienes que venir!

—¿De qué estás hablando? Claro que voy contigo, ¡recuerda que somos hermanos!

—Entonces, entra al auto ya mismo. Debemos seguir la pista cuánto antes. Han capturado a Sergio y amenazan con matarlo si no encontramos y les entregamos los documentos a tiempo.

—¿Qué? ¡No puede ser!

—Ahora nos están siguiendo. ¡Incluso mi madre está en peligro!

—¿Cómo? Antonio, ¿de qué estás hablando?

—Del Acta. ¡Todo esto es culpa de la maldita Acta! No sé por qué, Roberto, pero tengo el presentimiento de que precisamente ese es el documento que estamos rastreando esta noche.

CAPÍTULO 21
SIN TIEMPO
PARA PERDER

Los jóvenes masones, abordaron el auto y salieron con prisa del estacionamiento del templo, mientras que el Caballero de Colón los observaba sigilosamente desde su propio vehículo. Se encontraba a buen recaudo, estacionado sobre la calle en una esquina contigua. Luego esperó tres segundos, giró la llave del motor y fue tras ellos. Augusto sabía perfectamente que no podía perderlos de vista, así que los siguió con discreción y sumo cuidado durante un rato para ver hacia donde se dirigía aquel "par de masones herejes", tal y como permanecía nombrándolos en su mente. Sin embargo, Antonio y Roberto no tenían ni idea de dónde podía encontrarse la próxima pista.

—¡Esto es una locura! —exclamó Roberto, visiblemente alterado—. ¿Y ahora qué? ¿Qué se supone que debemos hacer?

—Bueno, no sé. Tenemos que encontrar la siguiente pista, pero... —abrumado, Antonio cortó la plática en seco—. Por Dios, Roberto, ¡estoy muy nervioso!

—Tranquilo, hermano. Mejor pensemos antes de desesperarnos. Déjame ver la foto que le tomaste a la pista, por favor.

Roberto tomó el celular de Antonio y procedió a leer el acertijo nuevamente:

Para encontrar el secreto debes viajar con dirección al amanecer. La columna te guiará: Liberté, égalité, fraternité. Donde se inicie el día y presidan los trabajos, te esperará para sucumbir a la profundidad. La clave la encontrarás en la puerta, bajo los que se sacrificaron para que recibiéramos la luz y cuyos nombres han sido olvidados.

—A ver, tenemos tres palabras en francés: Liberté, *égalité, fraternité.* Y luego dice "Donde se inicie el día y presidan los trabajos te esperará para sucumbir a la profundidad".

Roberto se quedó un rato en silencio, pensando

—Qué va, no entiendo nada de esta vaina. ¡Esta es mucho más difícil que la anterior!

—Comencemos por la frase "Donde se inicie el día y presidan los trabajos". Yo creo que debe tener referencia con el ritual, cuando se abren los trabajos del taller. Esto se menciona cuando hablan de la posición de los oficiales, ¿recuerdas?

Antonio aclaró sus pensamientos con mucho esfuerzo, en busca de una señal que los ayudase a seguir y agregó:

—Entonces, si se trata del inicio del día y quien preside los trabajos, está hablando del Venerable.

—¡Por supuesto! Y él está ubicado en el oriente, en el mismo punto cardinal donde sale el Sol, es decir, al este.

—Eso, ¡debemos ir hacia el este!

—Rápido, busquemos un mapa.

Decidieron conducir hacia la histórica Plaza Catedral, la más grande y relevante del Casco Antiguo, ubicada en el mero centro de dicho barrio colonial. Al ser un punto neurálgico del turismo en Panamá, en el que confluyen muchísimos visitantes a todas horas, era muy probable que encontrasen allí un mapa que pudiesen utilizar y un sitio seguro donde sentarse a pensar y diseñar un plan. Estacionaron, bajaron del automóvil y continuaron el trayecto caminando, escogiendo sus movimientos con suma cautela. Al poco tiempo divisaron un local lleno de gente, una mezcla de bar con hostal, y decidieron entrar a probar suerte. Inmediatamente la chica de la recepción vino a su encuentro.

—Buenas noches, ¿mesa para dos?

—Disculpa, te hago una consulta. —intervino primero Roberto— ¿Por casualidad tienen un mapa de la ciudad de Panamá?

—¡Sí, claro! —la chica tomó uno del mostrador y se lo extendió a su interlocutor—. ¿De dónde nos visitan, amigos?

—Bueno, él es medio chiricano pero yo sí soy ciento por ciento panameño —agregó Antonio, como ensayando una leve broma que no funcionó—. En realidad, solo queremos ubicar un sitio que estamos buscando.

—¡Súper! Si necesitan alguna ayuda, estoy a la orden —e

invitándolos a pasar con un gesto—, ¿gustan tomarse una cerveza en nuestro bar?

Antonio y Roberto cruzaron miradas entre ellos y luego accedieron. El lugar se encontraba bastante lleno y el ambiente era ameno, por lo que parecía un lugar tranquilo para planificar lo que iban a hacer. La chica los condujo hasta una de las mesas más apartadas, ubicada en el fondo del local y ellos solo pidieron un par cervezas alemanas para tomar. Ya sentados, colocaron el mapa en el centro de la superficie de madera y comenzaron a planificar. Como ya lo habían descifrado en el auto, intuyeron que la próxima pista se encontraba hacia el este, pero tomando como referencia el templo masónico de Calle 13, que fue donde obtuvieron el acertijo. Entonces, trazaron una línea sobre el mapa para ver qué encontraban. Y dieron finalmente con un sitio que llamó su atención y los hizo recobrar la confianza en la búsqueda: la Plaza de Francia, también conocida comúnmente por muchos panameños como Las Bóvedas, ubicada ahí mismo en el Casco Antiguo, a menos de un kilómetro de distancia.

—¡Tiene que ser allí! En la Plaza de Francia hay un obelisco, ¿recuerdas? Y el propio acertijo lo dice: "La columna te guiará" —acotó Antonio con firmeza—. Luego están las tres palabras en francés, que significan Libertad, igualdad y fraternidad. Eso también lo usamos en nuestras ceremonias.

—Claro, si la revolución francesa fue orquestada por masones. Tienes razón, ¡la siguiente pista tiene que estar allí!

—Ahora solo debemos ver cómo llegar hasta ese lugar.

—Si está aquí nomás. Mejor sigamos caminando, ¿no?

—Obvio, Roberto. El tema es que seguramente nos están espiando y siguiendo cada uno de nuestros pasos. Y a este punto, en el que apenas estamos comenzando, no sé cómo pueda afectarnos eso.

—Comprendo... —Roberto guardó silencio y pensó por un momento— Pero, en teoría, el tipo que tiene a Sergio te dijo que si queremos volver a verlo con vida debemos encontrar los documentos y entregárselos mañana a primera hora. ¿Correcto?

—Tú lo has dicho, "en teoría".

—Bueno, eso quiere decir que no nos harán ningún daño hasta

que cumplamos con nuestra parte del trato.

—Supongo que no nos queda más remedio que confiar en ellos. Pero créeme, no me satisface ni un poquito esa opción. Además, temo que te pase algo malo a ti. Y sobre todo a mi madre, recuerda que también amenazaron con hacerle daño.

—Sí, ya sé. Pero no nos desesperemos, hermano.

Entonces Roberto tuvo una idea

—Mejor hagamos algo: separémonos.

—¿Cómo?

—Tomemos caminos distintos para despistarlos.

—¿Pero tú te has vuelto loco?

El plan de Roberto era el siguiente: Antonio seguiría su camino hacia la Plaza de Francia para intentar obtener la siguiente pista y avanzar con la búsqueda, mientras que él caminaría en la dirección opuesta, rumbo a la estación de policía que está ubicada al inicio de la Avenida B, saliendo del Casco Antiguo, con el fin de pedir ayuda. En su cabeza parecía sencillo. Sin embargo, a su compañero de equipo le parecía una estrategia muy arriesgada, ya que si salía mal, podría traer repercusiones muy graves para ellos y la misión que se les había encomendado, ya que en el fondo, aunque las cosas habían cambiado muy rápido durante el transcurso de la noche, no podían olvidar que el futuro de la masonería panameña aún dependía de ellos. Pero, al mismo tiempo, Antonio intuía que, si salía bien, lo que proponía su amigo podría funcionar y ser de ayuda para su seguridad. Y solo por eso accedió a probar.

CAPÍTULO 22
EL CABALLERO
ATACA

Los jóvenes masones se tomaron con prisa lo que les quedaba aún de cerveza y pagaron la cuenta. Y apenas cruzaron la puerta del atestado bar, cada uno agarró un rumbo distinto, tal y como habían acordado ya. Al verlos realizar esa maniobra inesperada, el Caballero de Colón se sorprendió muchísimo y sucumbió ante una cólera inmensa. Llevaba algún rato esperando a que salieran, sentado en una de las bancas de Plaza Catedral desde donde podía vigilar la entrada del local sin ser visto ni levantar sospechas. Pero no estaba preparado para que el principal objetivo que se le había encargado, que era vigilarlos de cerca, se dividiera en direcciones opuestas. Ahora no sabía a cuál de los dos seguir o qué podía hacer.

Tuvo el impulso de volver al auto en busca de alguna de las "herramientas", como él las llamaba, que siempre cargaba consigo para resguardar su seguridad. Le gustaba estar preparado en caso de cualquiera eventualidad. Pero sabía que si lo hacía corría el chance de perderlos a ambos de vista y esa no era una opción. Así que decidió rifársela y avanzar desarmado, amparado en que podía recurrir a la sola ventaja de su enorme corpulencia si ocurriese alguna adversidad y fuese necesario defenderse. Acto seguido, y ya con esa duda despejada, pensó en cuál de los dos debía seguir. Y, de forma totalmente arbitraria y azarosa, optó por ir tras Roberto, quien caminaba a toda máquina en dirección a la Avenida B.

Al inicio, el masón iba enfocado en lo que tenía que hacer. Pero al poco tiempo se distrajo y bajó el ritmo de la marcha, embelesado por el diseño de los balcones que veía a su paso y la belleza arquitectónica de los edificios del Casco Antiguo. A él siempre le había parecido un barrio muy atractivo. Tanto así que no pudo evitarlo y se detuvo un segundo a observar las casas que lo rodeaban. Hasta que en una angosta vereda frente a él divisó a un par de chicas jóvenes con aparente pinta de turistas. "Quizá francesas", pensó, mientras las observaba con picardía para luego agregar, adoptando un ridículo tono de Don Juan de antaño, que "no estaría mal preguntarles si necesitan ayuda". Cuando de pronto, se dio cuenta del grave error que estaba cometiendo al distraerse y decidió mejor seguir adelante. Lastimosamente reaccionó demasiado tarde. Y estando completamente desprevenido, sintió una enorme y pesada mano en su espalda que lo sujetó por el hombro y lo jaló por detrás.

***

El reloj ya casi marcaba las nueve de la noche, cuando Antonio divisó frente a él, de pie y en dirección al este, el obelisco de la Plaza de Francia. Ciertamente aún no comprendía del todo el significado de la pista ni tampoco estaba muy seguro de que éste fuese el sitio correcto, pero ya se encontraba ahí y ahora tocaba averiguarlo. Sin embargo, antes de dar el primer paso no pudo evitar recordar uno de los sucesos más tristes de la historia de Panamá, según su opinión. Y es que en ese mismo lugar fue fusilado el general revolucionario y líder indígena Victoriano Lorenzo, el 15 de mayo de 1903. Hombre de gran magnetismo y popularidad, El Cholo, como también se le conocía, fue traicionado y asesinado por los políticos y oligarcas de la época, en los albores de la nueva república panameña; por circunstancias que, hasta el Sol de hoy, no se han aclarado y ameritan una investigación más profunda.

Al poco tiempo volvió en sí. Y retomando el propósito de su presencia en la plaza se disipó el recuerdo de aquellas viejas conspiraciones históricas y recobró el valor para resolver la que tenía entre manos. Aunque no tenía la más leve idea de lo que debía hacer.

—¡Genial! ¿Y ahora qué? El obelisco es todo lo que tengo y se supone que me debe guiar, pero por sí solo no va a pasar.

Revisó nuevamente la foto de la pista en busca de alguna señal que le permitiera avanzar, y luego leyó en voz alta un fragmento

—"La clave la encontrarás en la puerta, bajo los que se sacrificaron para que recibiéramos la luz y cuyos nombres han sido olvidados".

Bueno, ¿y qué carajo quiere decir eso?

Justo en ese preciso momento, vio a una familia recorriendo el área, mientras que el guía que los acompañaba les ofrecía una pequeña reseña de cada una de las personas que aparecen representadas en los bustos que se encuentran alrededor del obelisco, así como ciertos datos del papel que jugaron en la historia panameña. Entonces pudo asociar la imagen que tenía enfrente con el fragmento de la pista que acababa de leer. Y murmuró en voz alta "¡Los olvidados!". Sin perder más tiempo se acercó al obelisco y leyó la placa que explicaba la importancia de dicha columna. Ésta decía:

"A LA MEMORIA DE LOS FRANCESES ZAPADORES DEL CANAL INTEROCEÁNICO"

La construcción del Canal de Panamá fue una realidad gracias al aporte de miles de personas provenientes de distintas partes del mundo que perdieron la vida trabajando. Entre ellos están los zapadores, grupo de trabajadores encargado de abrir caminos y trincheras, excavando. Dentro de este contexto, para Antonio tenía todo el sentido del mundo que ellos fuesen esos que se sacrificaron y luego fueron olvidados. Entonces se alegró muchísimo por lo que creía haber descubierto, pero rápidamente se desilusionó, pues sabía que seguía estando en cero. El solo hallazgo y la guía de su intuición no resolvían aún el encriptado acertijo.

***

Roberto, por su parte, se encontraba en un grave aprieto. El corpulento Augusto lo tenía arrinconado contra la pared, en medio de un zaguán oscuro y lleno de basura. El fanático religioso abusaba de su gran tamaño, mientras le aplicaba por detrás una llave en el brazo izquierdo al joven masón que lo inmovilizaba y le infligía una enorme cantidad de dolor para evitar así que se volteara y pudiese verle el rostro. Y ya teniéndolo en esa posición

109.

lo jaló hacia atrás y luego lo estrelló con toda su fuerza contra aquel muro mohoso y asqueroso. Estaba dispuesto a darle un escarmiento.

—Hey, ¡suave, friend!

—Ya es tarde para eso, idiota. Si creen que se van a librar de mí con sus jueguitos estúpidos están muy equivocados.

—¿Y quién eres tú?

Molesto, el Caballero de Colón lo volvió a zarandear y estrellar contra la pared. Roberto, automáticamente, enmudeció presa del miedo.

—Puedo eliminarte ahora mismo si me da la gana, ¿estamos claros? Así que no te pases de listo conmigo.

Augusto escupió al suelo y dijo:

—Malditos masones herejes, no voy a permitir que se salgan con la suya esta vez.

—Ok, tranquilo, man. ¡Ya me queda claro quién eres!

Luego casi suplicando pidió:

—Ahora vamos a intentar calmarnos un poco, ¿quieres?

—Dame una buena razón para no acabar contigo.

Augusto colocó su mano derecha sobre la parte trasera del cuello de Roberto y comenzó a estrangularlo.

—¡Habla!

—¡Porque no te conviene!

Y rápidamente inventó una excusa.

—Mira, ya estamos muy cerca de encontrar esos documentos. Yo solo iba de regreso al templo, porque tengo que buscar algo que es importante para obtener la siguiente pista.

—¡Mentiroso!

—Te juro que es en serio. —Roberto se jugó una última carta para salvar el pellejo—. Piénsalo bien: si no me dejas ir, será imposible seguir adelante y tu misión habrá fracasado.

—¿Qué?

—Eso. Si me matas, ¡jamás tendrán los documentos!

Augusto entró en duda durante algunos segundos. Sentía deseos de acabar con Roberto por pura venganza. Pero esa última línea le hizo recordar las órdenes de su superior desconocido, quien le indicó estrictamente que hasta que no encontrasen los documentos solo debía seguir a este par de masones sin hacerles ningún daño. Maldijo en voz alta al verse obligado a cumplir esa promesa. Y luego de pensarlo muy bien soltó ligeramente del cuello al recién capturado, permitiéndole un respiro.

—¡Payaso! La próxima vez no correrás con tanta suerte.

Le propinó un último golpe y luego lo soltó. Roberto cayó de inmediato al suelo, tosiendo y respirando por la boca con gran dificultad. Y cuando reaccionó, su agresor ya no estaba. Así como apareció sin previo aviso, el Caballero de Colón se desvaneció en medio de la noche. El joven masón se levantó con gran dificultad; agitado y muy desorientado, tocándose el cuello. Luego miró a su alrededor para constatar que ya se encontraba fuera de peligro y podía retomar su camino. Ahora, de vuelta al templo de la Calle 13, obligado por la mentira que acababa de decirle al gigante.

***

Antonio seguía contemplando el obelisco en la Plaza de Francia, esperando el momento preciso para actuar sin levantar sospechas. Se sentía muy preocupado porque el tiempo seguía corriendo y eso le jugaba en contra. Además, no sabía absolutamente nada de Roberto y eso también lo inquietaba. En eso, los visitantes que se encontraban alrededor suyo, conociendo aquel sitio histórico, dejaron de tomarse fotos y siguieron su recorrido por el Casco. Él aprovechó esa ventana de oportunidad para acercarse e inspeccionar la enorme columna y al toque se percató de que la placa conmemorativa cedía y podía removerse, aplicándole tan solo un poco de presión.

"Rayos, ¡es una puerta! ¿Cómo no lo pensé antes?", se reprochó Antonio. Supuso inmediatamente que la nueva pista podría estar ahí adentro. Entonces, con un poco de asco metió la mano en aquel agujero negro lleno de basura, desperdicios de aves y otros animales. Comenzó a palpar a lo interno, pero no lograba sentir nada fuera de lo normal. Ya se estaba desesperando cuando, de pronto, escuchó a un nuevo grupo de turistas que se acercaba. Nervioso, introdujo aún más el brazo en las fauces de lo desconocido. Fue allí cuando, finalmente, sintió que había palpado algo. Sin saber muy bien qué era sujetó dicho objeto con fuerza y lo extrajo de las entrañas del obelisco. Se trataba de un cilindro de vidrio con un sobre de papel en su interior. Y sabiéndose victorioso, de la sola alegría se le iluminó el rostro.

—¡La tengo! Es la siguiente pista, ¡la tengo!

****

Mientras se iba acercando de regreso al templo, Roberto divisó que algunos de los hermanos presentes en la ceremonia de exaltación ya estaban saliendo del edificio. Apresuró el paso y, a pesar de no estar vestido apropiadamente para el evento que se había dado aquella noche, entró sin pensarlo dos veces y se mezcló entre los asistentes. Una vez que llegó al vestíbulo del primer piso, descubrió que en el salón principal donde se llevó a cabo el ágape se encontraba sentado en una de las sillas y conversando animadamente un hombre cuyo rostro le resultó familiar. Volvió a mirar con atención para ver de quién se trataba. Y era, nada más y nada menos, que su buen amigo y ex Venerable: el viejo sabio Martínez.

Alegre por tan grata sorpresa, el joven se acercó al grupo para hablar con el veterano masón. Y aunque todos saludaron al recién llegado con normalidad, los hermanos que platicaban con el octogenario notaron de inmediato que Roberto lucía sucio, ajado y visiblemente golpeado. Sorprendido ante la imagen que tenía en frente, Martínez lo miró de arriba abajo, intentando descifrar lo que estaba pasando.

—¿Qué ocurre, Roberto?

—Maestro, es una larga historia y ahorita no tengo mucho tiempo. Pero si tiene chance de acompañarme en el camino le contaré. —Lo tomó del brazo acercándolo a él y luego, casi en secreto, empleó un tono de voz más grave— Antonio podría estar en grave peligro. Necesito ir a la Plaza de Francia cuanto antes.

—¡Desde luego!

Placa conmemorativa a la memoria de los franceses zapadores, localizada en la base del obelisco. Foto: Jason Lloyd.

La Plaza de Francia fue erigida entre 1921 y 1922 durante la presidencia de Belisario Porras quien era masón, en lo que hasta ese momento era la plaza de armas del Cuartel de Chiriquí para conmemorar a los franceses que fueron los que iniciaron los trabajos de construcción del canal. Foto: Jason Lloyd.

113.

CAPÍTULO 23
RECUERDOS
AMARGOS

Escondido afuera, en silencio y receloso, el Caballero de Colón esperaba a que Roberto saliera del templo. Y mientras observaba toda la algarabía que acontecía en la sede de la Gran Logia de Panamá, no pudo evitar sumergirse en un resentimiento muy profundo. Aquella imagen despertaba en él una gran envidia, ya que alguna vez había deseado, con todas sus fuerzas, ser un prominente masón. Y jamás había podido borrar de su mente y su corazón la gran humillación que sintió frente a sus pares políticos cuando le informaron que su aplicación había sido rechazada por La Orden, sin mayor explicación, hace ya unos cinco años atrás. Al contrario, repasaba en su mente todo lo que había acontecido, una y otra vez, como si se tratase de una película interminable y horrible.

Sobre todo, había una escena en particular que le costaba mucho olvidar. Ocurrió una noche en el popular Boulevard Balboa, un restaurante 24 horas ubicado frente a la Bahía de Panamá, en el centro de la ciudad. Se encontraba ahí reunido junto a algunos compañeros del partido político en el que estaba inscrito para organizar las comisiones de trabajo de cara a los comicios internos del colectivo. Pero justo ese mismo día, tan solo unas horas antes, Augusto había cumplido con su tercera y última entrevista, dentro del proceso de admisión para ser masón. Y por ello se encontraba muy entusiasmado, además de sentirse optimista y contento, pues ya había cumplido con todos los requisitos y formalidades que exigía dicha solicitud y tenía muy buenos padrinos dentro de la fraternidad. En su cabeza solo era cuestión de poco tiempo para cumplir su sueño.

"Pan comido", como se dice coloquialmente. De hecho, tan seguro estaba aquella noche de lograr su admisión que, embriagado de felicidad y confianza, pecó de soberbio y se le fue la lengua con sus compañeros.

Aquello ocurrió ya muy tarde y había muy pocas mesas ocupadas en el restaurante. Augusto y sus copartidarios se encontraban tomando y charlando animadamente en una esquina a un volumen tan alto que la conversación se escuchaba con claridad en todo el lugar.

—Cuéntame, Augusto: ¿cómo va ese plan de hacerte masón? —le preguntó un copartidiario.

—¡Muy bien! Tengo ya el ingreso a La Orden garantizado.

Además, tengo muy buenos contactos ahí adentro. Así que están de suerte, muchachos. Es solo cuestión de poco tiempo para que puedan disfrutar del gran privilegio de tener un amigo masón.

Luego de su respuesta, Augusto soltó una carcajada estridente que llamó la atención de todos los que estaban presentes en el restaurante.

—Verdaderamente, hermano… —comentó otro compañero de mesa— si así como estas ahora nadie te aguanta, no sé qué pasará cuando formes parte de esa "gran" hermandad.

—Hey, ¿qué pasa? ¡Es solo un chiste, hermanito! Además, ustedes saben mejor que yo cómo funcionan las vainas en este país. Así que jueguen vivo y déjense ya de tantos ideales pendejos y cuentos de hadas.

Se dio una fuerte palmada en el pecho y continuó:

— Yo sí estoy muy claro: quiero llegar muy lejos y lo voy a lograr a como dé lugar. Y sé que esto de la masonería puede ayudarme a alcanzar todo lo que me proponga.

—¿A qué te refieres?

—Man, ¿tú no sabes todas las personalidades y políticos que son masones? Sin contar el montón de gente de plata que también está allí metida. Hey, ¡esos son los contactos que voy a utilizar para subir y posicionarme en la política! ¿O tú por qué crees que me estoy metiendo a esa vaina?

—Parece que ya lo tienes todo calculado.

—Ay, por favor. A mí no me vengas con tu sarcasmo, ¿quieres? Sabes muy bien que tengo razón. Las cosas en este país se

116.

consiguen así, aprovechándose de contactos y favores políticos. ¡Y yo no voy a ser ningún perro! ¿Me oyeron? —Augusto sube aún más la voz— No pienso desperdiciar mi vida trabajando en horario de oficina.

¡Espero que les quede muy claro!

—No hay necesidad de hacer un escándalo, compañero —intervino un tercer miembro del grupo, ya preocupado.

—Sí, loco, ya bájale. Además, creo que estás equivocado. Si quisieras, también podrías ver la política como una oportunidad para servir a tu país.

—Bueno, si eso te hace feliz y te hace sentir mejor... hey, ¡tú dale! Pero la realidad es otra, hermano. El sistema en nuestro país está hecho para que los políticos nos aprovechemos de él y facturemos. ¿O tú realmente crees que los candidatos invierten millones de dólares en campaña para luego conformarse con un salario de pinches siete mil o diez mil dólares? Qué va, ¡esa matemática no da! Hay que sacar el retorno de la inversión.

—Hey, baja la voz que nos están observando.

—Así piensa la mayoría. Que haya hipócritas como ustedes, a los que les gusta navegar con bandera de pendejo, es otra cosa...

—Contigo no se puede hablar, Augusto —molesto, el copartidario se levantó de la mesa para pedir la cuenta— Estás muy equivocado, hermano.

—Equivocado estás tú, brother.

Y alzando su cerveza para celebrar dijo:

— Cuando finalmente entre en la masonería ¡nadie me va a parar! Óiganlo bien, como que me llamo Augusto López, mi ascenso en el partido será imparable. ¡Ya lo verán!

El fuerte retumbar de aquella última frase en los rincones perdidos de su mente hizo reaccionar a Augusto de un solo golpe, sacándolo del sopor y liberándolo momentáneamente de aquel angustiante recuerdo. Al volver en sí y darse cuenta de lo que estaba pasando, apretó fuerte el puño derecho y lo estrelló con furia contra el timó, gritando: "Me las van a pagar, ¡malditos masones!".

CAPÍTULO 24
EL SABIO
MAESTRO

Roberto y Martínez bajaron las escaleras y franquearon las puertas del templo rumbo al estacionamiento. Ahí se encontraron con un chico llamado Juan Carlos, aprendiz del viejo sabio, quien por lo general también le conducía y lo llevaba a todos lados. Abordaron el auto en el que el octogenario y el joven habían llegado y condujeron a toda prisa a la Plaza de Francia, para ir en busca de Antonio. Y mientras los tres hombres avanzaban a través del bullicio del Casco Antiguo, Roberto le relató a su buen amigo todo lo que estaba pasando, con un impecable lujo de detalles.

—¡Qué impresionante todo esto que me está contando, Roberto! —Martínez se detuvo a pensar un segundo— ¿Y dices que incluso han intervenido sus teléfonos y están escuchando sus llamadas?

—¡Tal como lo oye, Maestro!

—Ok, vamos a tener que remediar eso inmediatamente. —Luego, girándose para hablarle al conductor— Juan Carlos, dame tu teléfono celular.

—Pero, Maestro...

—¡Dámelo, coño! —Martínez recibió el móvil y se lo pasó enseguida a Roberto—. Listo, con este podremos estar en contacto. Debes llamarme cuando estén a punto de encontrarse con el sujeto ese que los está amenazando y me dices dónde van a estar, ¿ok?

—¡Seguro!

—Yo, mientras tanto, haré algunas llamadas para descubrir qué es lo que está pasando.

—Pero tenga mucho cuidado, Venerable. Mire que han capturado al maestro Sergio y a mí por poquito me matan. No quisiera que a usted también le pasara algo.

—Tranquilo, Roberto, que no he llegado a viejo por gusto. Y volteándose para hablarle directo a los ojos le dijo:

—Escúchame bien: ahora más que nunca debes recordar todas esas cosas que hemos hablado durante estos años. Sobre todo ten presente que existe una Gran Hermandad Blanca. Y su Egregor o "alma colectiva", desde que tomamos el juramento, nos envuelve en esta rueda kármica. Nada es casual, ¡todo es causal!

—Sí, Maestro —asintió Roberto en automático, sin comprender muy bien el significado de lo que Martínez le acababa de revelar.

—Señores, hemos llegado, —interrumpió Juan Carlos, al acercarse a la esquina de Avenida A y Calle Primera—. La Plaza de Francia se encuentra al final de la calle. Pero, por seguridad, creo que es mejor que te bajes acá.

Roberto descendió del auto y caminó a toda prisa para localizar a su amigo. Ni bien llegó al sitio, miró a todos lados pero fue en vano. Se adentró un poco más en la plaza y al llegar al punto específico donde se encuentra el obelisco, escuchó claramente una voz que pronunciaba su nombre. Y al voltearse a buscar de dónde provenía aquel llamado descubrió a su hermano Antonio sentado en una de las bancas del lugar. Se abrazaron de alegría inmediatamente, al constatar que ambos permanecían vivos. Sin embargo, la efusividad duró poco y nada, ya que ninguno de los dos podía saber por cuánto tiempo más estarían a salvo.

Brevemente se pusieron al día y compartieron todo lo que les había pasado mientras se separaron. Y luego, Antonio decidió abrir el cilindro de vidrio que había encontrado y leyeron juntos el contenido de la nueva pista:

Desde el sitio donde ve el altar el Primer Vigilante, la acacia y los ∴ te indicarán el lugar de regreso a la oscuridad. Osiris-Isis-Horus.

—¿Eso es todo? —Roberto se rascó la cabeza en busca de respuestas—. Vaya, cada vez son más complicados estos acertijos.

—Tiene sentido, ¿no crees? Según Sergio, solo un verdadero masón podrá descifrar todas las pistas y dar con los documentos.

120.

—¡Y justo nos tenían que llamar a nosotros!

—Ya, deja el relajo que tenemos que avanzar. ¡Mejor pensemos!

—Antonio hizo una pausa para reflexionar—. Nosotros comenzamos el recorrido saliendo del templo en dirección al este y eso nos trajo hasta aquí, ¿correcto?

—Sí, señor.

—Entonces, claramente para dar con el lugar que estamos buscando ahora debemos tomar como referencia nuestra posición actual o bien la inicial. ¿Hasta aquí me sigues?

—Qué va, me perdí.

—Man, ¡concéntrate, por favor! Ahora, analicemos las claves que tenemos. —Antonio comenzó a revisar nuevamente el breve texto de la pista—. Esta vez nos están dando tres nombres de divinidades egipcias.

—Y que yo sepa no existe una Plaza de Egipto en esta ciudad, ¿o sí?

—Buen punto, Roberto. Pero sí, es muy probable que este nuevo sitio tenga algo egipcio o esté íntimamente relacionado con ello. Y al parecer está ubicado en un punto donde hay oscuridad, según lo que indica la pista.

—Ok, ahora me toca a mí. —Roberto se puso de pie para ordenar todas las ideas que daban vueltas en su cabeza—. La pista anterior hacía referencia al inicio del día para guiarnos hacia el punto cardinal por donde sale el Sol. Por lo tanto, si usamos esa misma lógica, ahora cuando la pista nos habla de "la oscuridad" bien podría hacer referencia a la orientación en la que se oculta el Sol. O sea que debemos ir hacia el oeste.

—¡Exacto! Además, justo corresponde con la posición que ocupa el Primer Vigilante en logia. ¡Brillante, Roberto! Ahora solo debemos trazar una línea en el… —Antonio cortó en seco lo que iba a decir— Espera, ¿tú tienes el mapa, hermano?

—Ay, ¡qué harías sin mí, Antonio!

Los dos muchachos se rieron ante el chiste de Roberto, más por liberar la gran tensión que llevaban por dentro que por verdadera diversión. Extendieron el mapa sobre la banca, lo iluminaron con el celular y trazaron enseguida una línea recta, partiendo desde la Plaza de Francia en dirección al Oeste. La raya trazada con incertidumbre acabó conectando con el área de

Balboa: localidad que durante el Siglo XX fue la capital de la antigua Zona del Canal. En los segundos posteriores al descubrimiento reinó el silencio. Hasta que Antonio tuvo un ¡eureka!

—¡Guau, eso es!

—¿Qué?

—Nos están guiando hacia la localidad de Balboa. ¿Acaso no lo ves?

—¿Y qué hay con eso?

—¡Piensa! Hay un edificio que tiene imágenes y pictografías egipcias en su diseño que queda exactamente ahí en el oeste. Y además ¡fue un templo masón!

—¡Áyala bestia! El templo del Scottish Rite, que quedaba en la antigua Zona del Canal. Man, ¡claro que sí! Pero ¿qué hay ahí ahora?

—Bueno, tengo entendido que solo hay una oficina. Ya ninguna logia opera allí. Pero antiguamente era donde los estadounidenses que vivían en la zona realizaban los ritos de los grados filosóficos. Seguro que ahorita mismo está desocupado.

—Esto no es casual. ¡Ese tiene que ser este el sitio!

CAPÍTULO 25
EL PLAN DE
ESCAPE

El reloj marcaba ya las 10 pm pasadas. Los masones empezaron a caminar en silencio y a toda prisa en dirección a la Plaza Catedral para recoger el auto de Antonio que habían dejado allí estacionado. Y aunque ninguno de los dos lo verbalizó, ambos jóvenes luchaban por no sucumbir ante el pánico. El estrés que dejó el violento ataque que sufrió Roberto minutos antes a manos de un gigante al que nunca pudo verle el rostro y, por ende, jamás podrían identificar, los hacía sentir que deambulaban al borde de un inminente ataque de nervios. Sobre todo Antonio, que se sentía muy comprometido con el éxito de la misión y además terriblemente ansioso por descifrar si lo que esa noche buscaban era la copia original de El Acta de 1903, escrita a puño y letra por su tatarabuelo, el prócer Ernesto Goti.

Aunque se les hizo eterno, el camino a pie transcurrió sin mayores contratiempos ni sobresaltos, afortunadamente. Llegaron con bien hasta el vehículo y lo abordaron, dispuestos a salir del Casco cuanto antes y sin voltear a mirar atrás. Al frente aún debían enfrentarse a una noche larga y llena de desafíos.

—Entonces, ¿en qué quedamos? —preguntó Antonio, notablemente nervioso y fuera de sí—. ¿Llamamos a Martínez cuando tengamos en nuestro poder el Acta? O no, mejor antes, cuando hayamos descubierto dónde se encuentra y vayamos por ella. ¿Qué opinas?

—Hermano, ¿cómo sabes que estamos buscando el Acta?

La pregunta de Roberto no comportaba una mala intención, pero cayó en los oídos de Antonio como una bomba atómica, que sacudió sus sentidos por completo y dejó entrever el desasosiego que gobernaba al entusiasta masón en ese momento.

—Coño, Roberto, ¡no sé! Es solo un presentimiento muy fuerte que tengo. —Exaltado, giró su cabeza a la derecha para reclamarle a su amigo directo a los ojos— ¿Acaso no puedes ver todas las señales?

—No, hermano. ¡Fíjate que no! Lo que sí puedo ver claramente es que te estás volviendo loco, Antonio. ¡Así que cálmate! —Tras el grito, Roberto cambió el tono de su voz para disminuir el calibre de la conversación— Y ya bájale un poco, ¿quieres? Que no ganas nada con exaltarte.

Los dos amigos se quedaron en silencio durante un tiempo considerable. Y consciente de lo que había hecho, Antonio aprovechó aquella pausa para intentar calmarse, tanto como la extraña situación en la que estaban metidos podía permitírselo.

—Tienes razón, Roberto. Discúlpame. Mira, yo sé que no es excusa, pero... literalmente tengo los nervios de punta.

—¡Y no es para menos! Pero mijo, no la agarres conmigo. ¡Que yo no soy tu enemigo! —Ambos compañeros rieron ante la necedad de Roberto— ¿Ya qué le vamos a hacer, Antonio? Mejor salgamos de esta vaina y que pase lo que tenga que pasar.

—¡Como si fuese tan fácil! —Antonio escarbó en su mente, intentando urdir un posible plan de acción—. Si al menos supiéramos cuántos sujetos nos están siguiendo. ¿No sabes si el que te atacó estaba acompañado? A lo mejor son varios.

—No sé, puede ser.

—Ok, ¡ya sé! Al menos debemos intentar identificar el vehículo en el que nos están siguiendo.

Con ese propósito en mente, al salir finalmente del barrio colonial y bajar por la Avenida B, con rumbo a la Avenida Balboa, Antonio redujo intencionalmente la velocidad y se mantuvo por un rato manejando más despacio. De esta manera, pensó, Roberto podría ir viendo qué auto los seguía y, quizá, producto de una maniobra típica de un héroe de acción, que parecía funcionar a la perfección en su cabeza, podrían anotar el número de la placa y llamar a Martínez para que averiguara. Y al cabo de un rato jugando al detective privado, el copiloto creyó haber descubierto algo: un coche que se mantenía detrás y muy cerca de ellos en todo momento.

Antonio decidió cambiar de ruta para constatar que, en efecto, ese auto los estaba siguiendo. Estando aún sobre la Avenida Balboa realizó una vuelta en U y luego enfiló hacia la Avenida Perú con el objetivo de adentrarse en el corregimiento popular de Calidonia. Estaba seguro de que a esa hora no habría mucha gente circulando por ahí, por ende, las calles estarían más despejadas y sería mucho más sencillo identificarlo. Al tomar por Calle 27 divisaron un auto sedán color blanco que, sospechosamente, les había seguido todos los pasos hasta ahí. Y por la poca luz que entraba, gracias a los viejos y escasos faroles de la calle, Roberto pudo distinguir que al volante venía un hombre muy grande. No le acompañaba nadie más.

—¡Tiene que ser ese, Antonio!

—¿Logras distinguir la marca del auto?

—Mmm… Me parece que es lujoso y viejo, pero la marca no sé. Quizá un Volvo o un Mercedes Benz. ¿Tú qué crees?

—Qué va, yo tampoco logro distinguirlo bien… Necesitamos estar ciento por ciento seguros y conseguir la placa, si realmente queremos desenmascararlo.

—¿Y qué se te ocurre, hermano?

El único plan en el que Antonio podía pensar era tan arriesgado como de dudosa efectividad. Pero, a este punto de la misión pensó que las cosas no podían ponerse más difíciles de lo que ya estaban.

—Creo que voy a desviarme para meterme a San Miguel.

—¿San Miguel? ¿Pero tú te has vuelto loco, Antonio? ¡Ese barrio es zona roja!

—¿Me lo dices a mí? Recuerda que yo he vivido por esta área toda mi vida y la conozco bien. Y, probablemente, el que nos persigue no, a juzgar por el auto que tiene. ¡Eso ya nos da una gran ventaja, Roberto!

—¿Y tú qué sabes si el tipo conoce o no el área? —Roberto se puso muy inquieto— Además, ¡no deja de ser peligroso!

—Ay, ya cálmate yeyesito. De verdad, creo que podemos meternos ahí para despistarlo. Se me ocurre que puedo acelerar más adelante, luego me meto por algunas calles del gueto y hago una maniobra para darle vuelta a la situación y quedar detrás suyo durante unos segundos. Así confirmamos la marca, agarramos el número de la placa y nos esfumamos antes de que pueda pasarnos algo.

—Si tú lo dices, James Bond…

Atravesaron la Avenida Central, que en sus buenos tiempos fue la gran zona comercial de la capital panameña, llena de tiendas por departamento y almacenes de todo tipo y se adentraron en San Miguel, aquel barrio marginal ubicado entre dicha icónica vía y la Avenida Nacional. Al cabo de unos pocos segundos dos cosas terribles ocurrieron: una, el auto que los seguía no estaba más a la vista, se esfumó y, dos, otro vehículo totalmente desconocido los interceptó de manera sorpresiva. Y atravesándose frente a ellos confirmó de un solo tajo las peores sospechosas de Roberto. Acto seguido, un grupo de pandilleros del área apareció en escena y rodeó el carro de los masones. Luego el cabecilla del grupo se acercó a la ventana de Antonio y, con su pistola en la mano, le hizo señas para que bajara el vidrio y le dijo:

—Hey, manito, ¡se me bajan del auto o los cuereo aquí mismo!

CAPÍTULO 26
NADA ES
CASUAL

Habían pasado ya varios minutos, que para Antonio y Roberto se sintieron como horas sinfín. Ambos se encontraban boca abajo en el suelo, con los ojos vendados y las manos en la nuca. Obviamente se sentían terriblemente asustados. Tan solo podían escuchar la amenazante voz del líder pandillero, quien prometía hacerles daño si el par de jóvenes no cumplía con lo que él les decía.

—Hey, bos —dijo uno de los jóvenes asaltantes, mientras revisaba los bolsillos de los masones en el piso—. Estos manes tan limpios. ¡No cargan ni un real encima!

—Por favor, no nos hagan ningún daño —rogó Antonio, desesperado—. Solo tomen lo que quieran y déjennos ir.

—¡Cállate la boca, chucha! —amenazó el cabecilla, visiblemente furioso—. Aquí el que manda soy yo, ¿ok? Y nadie se va a ir hasta que nos entreguen el billete.

—Está bien, ¡está bien! Pero... —Antonio no pudo contener su desesperación— ¡No tenemos billete!

—¡Precisamente! Tú vas a ir conmigo a un cajero automático y ahí vas a soltar todo lo que tienes. Tu amigo aquí presente se va a quedar con mis frenes. Y más vale que tengas algo bueno pa' nosotros porque si no, ¡no la cuentan!

De pronto, Antonio y Roberto escucharon otra voz masculina que interrumpió la escena con una sentencia clara y directa.

—Hey, fren: suelta a esos manes y dale de aquí.

—¿Qué chucha es lo que a ti te pasa?

—¿Tú eres sordo o qué? —Rápidamente el tipo llevó su mano derecha hacia la espalda y sacó su arma—. Los sueltas ya o los cuereamos a todos.

Entonces el grupo de pandilleros que acompañaba al sujeto que ahora intentaba tomar el control de la situación sacó de inmediato las armas que portaban. Sorprendidos, los asaltantes solo atinaron a observar a su líder en busca de una señal o respuesta. Pero él, por toda reacción, se limitó a fruncir el ceño y hacer una mueca desdeñosa con la boca. Luego, mirando fijamente al sicario que lo amenazaba, escupió al suelo y le dijo: "Esto no se queda así, compa". Y con un simple movimiento de cabeza le comunicó a su clan que desaparecieran.

Unos cuantos de los recién llegados levantaron a los jóvenes masones del suelo y los sentaron en la parte trasera de su vehículo. En eso, un nervioso Roberto le dijo a Antonio:

—Hey, Antonio, —casi susurrando y con sumo cuidado— Martínez me dijo una vaina sobre un Egregor y que nada de lo que estaba ocurriendo era casual. ¿Tú crees que eso fue lo que nos salvó?

—¡Qué Egregor de la verga! —interrumpió de un solo grito el joven habitante del gueto que los salvó, sentado en la parte delantera del auto— Antonio, soy yo. ¡Tito!

—¿Tito? —Antonio trató de asociar en su mente algún rostro conocido que correspondiese a ese nombre tan común— ¿Qué Tito?

—Cha, ¿cuál más? Ahora te vas a hacer el que no me conoces, pues. ¡Quítate la venda pa' que veas!

Antonio retiró el pedazo de tela sucia y vieja que cubría sus ojos. Y cuando finalmente pudo ver la cara de su misterioso salvador le tomó un tiempo reconocerlo. Pero luego se quedó completamente en silencio durante unos segundos, al constatar que, en efecto, era alguien a quien conocía y hace mucho no veía. Se trataba de un viejo amigo de la infancia que conoció a los 10 años de edad, cuando ingresó a la iglesia de Cristo Rey para realizar la primera comunión. Fue una tarde en la oficina de la parroquia cuando ambos se vieron por primera vez. Antonio había llegado con su madre para inscribirse en la catequesis. Y ahí estaba Tito junto a su abuela, quien rogaba a punta de lágrimas que le permitieran inscribir al chiquillo; pero la secretaria insistía en que el niño no podría recibir el sacramento ahí, ya que ellos no pertenecían a la parroquia. Al ver el cuadro, la mamá de Antonio se conmovió y pidió hablar con el cura, a quien ella conocía muy bien. Con tan buena suerte que al final y gracias a su ayuda pudieron inscribir al pequeño Tito. Así se conocieron los dos chicos y cultivaron inmediatamente una muy buena amistad. Aunque luego, en un punto de sus vidas, el paso del tiempo y las maromas del destino separó sus caminos.

—¡Tito! ¡No puedo creer que seas tú!

—Sí, *man*. Tuviste buco suerte. Cuando se estaban pasando las carteras reconocí tu nombre. ¿Pero qué chucha haces metido aquí?

—Es una larga historia... *man*, ¡no sabes cómo me alegra verte! —Antonio le dio una palmada en el hombro en señal de afecto y agradecimiento— ¿Y tu abuela? ¿Cómo está ella?

—Murió, *fren*. Víctima de un cáncer fulminante. —Al recordarla, Tito enmudeció de tristeza durante un segundo— Pero bueno, qué le vamos a hacer.

—Lo lamento, hermano.

—Otro día hablamos de eso. Tengo que sacarlos de aquí rápido. Esta gente es muy jodida y esto que hice por ustedes me podría costar. Así que voy a sacarlos de aquí en su auto y los dejaré más adelante, donde ya no corran peligro.

—¡Gracias, Tito!

—Aguanta —interrumpió Roberto por primera vez— ¿Qué hay de la otra situación?

—¿Qué otra situación? —preguntó Tito con gran curiosidad—. *Man*, ¿en qué andan metidos ustedes?

Antonio le contó a su amigo los datos generales de lo que estaba pasando con la esperanza de que él pudiera ayudarlos. Un hombre grande y corpulento los estaba siguiendo en un auto viejo, lujoso y presumiblemente europeo. Entonces Tito les propuso un trato. Les dijo a los masones que siguieran la búsqueda en otro auto para despistar a su perseguidor. Era un carro que estaba ahí estacionado y del que el pandillero debía deshacerse pronto. A cambio, él se encargaría del gigante cuando apareciera. Y luego, a las tres de la tarde del día siguiente dejaría el auto de Antonio estacionado en la calle, justo en frente del edificio Poli, donde vivía el masón junto a su madre. Estaría completamente cerrado y las llaves quedarían seguras, bajo la alfombra en el asiento del copiloto.

—Imagino que tienes llave de repuesto.

—¡Por supuesto!

—Listo, entonces. ¡Ahora dale de aquí!

—Espera: ¿Y qué le harás al gigante? —Antonio preguntó con algo de preocupación—. Digo, no estarás pensando eliminarlo ¿o sí?

—No sé, hermano. Eso ya dependerá de qué tan liso se ponga ese man —Tito cambió de tono, como apurando la despedida—. Hey, manito, tú quédate tranquilo y ahora cuídate mucho, ¿ok? Salúdame a tu mamá y buena suerte con tu búsqueda misteriosa.

—¡Muchas gracias, Tito!

—Gracias de qué, ¡pasa algo! —Ambos amigos rieron, como en los viejos tiempos— Anda tranquilo, Antonio. Y recuerda lo que dijo tu fren: ¡Nada es casual!

La dupla de masones siguió su camino a bordo de aquel auto, de cuya procedencia no tenían la más leve idea. Y aunque, en el fondo, ambos se sentían más que aliviados por permanecer aún a salvo, Roberto no podía dejar de pensar que, de seguro, el vehículo era robado. Mucho menos lograba comprender a ciencia cierta qué era lo que había pasado.

CAPÍTULO 27
EL CAMINO HACIA
LA ACACIA

A los pocos minutos, el Caballero de Colón entró en escena. Llevaba un rato perdido y encabronado, dando vueltas en las entrañas de San Miguel, buscando a Antonio y Roberto y maldiciendo a más no poder. Hasta que finalmente, y luego de una larga incertidumbre, logró divisar el auto de los masones estacionado sobre la calle. Aparcó detrás, acercándose sigilosamente. Notó que el auto estaba apagado, lo que llamó poderosamente su atención. Decidió bajarse a chequear. Y cuando estuvo a punto de hacerlo, sintió el frío cañón de un arma en la cien, mucho antes de que siquiera pudiese reaccionar. Quedó petrificado en el acto. E inmediatamente el tipo que portaba el revólver, un encapuchado anónimo en medio de la noche, le dijo en un tono muy poco amistoso:

—Suelta el timón o te meto un tiro.

***

Roberto y Antonio llegaron al área de la capital panameña conocida como Balboa, siendo casi las 12 de la medianoche. El trayecto fue bastante rápido, gracias a lo cerca que estaban de aquel lugar y el poco tráfico vehicular que había a esa hora. Entonces fueron directo al sitio donde ellos pensaban que podía estar escondida la siguiente pista: El edificio del antiguo Scottish Rite Temple, también conocido en español como el Templo del Rito Escocés. Por seguridad, estacionaron el auto del otro lado de la calle para no llamar la atención ni levantar mayores sospechas.

—¿Ves a alguien?

—No, —Antonio volvió a chequear para estar ciento por ciento seguro antes de cantar victoria—. Se ve todo despejado. Tal parece que ya no nos siguen.

—Uff, menos mal hermano. Ahora solo debemos descubrir dónde está la pista, si es que está aquí, claro...

—Estoy seguro que sí. Mira ahí, aún se puede apreciar la iconografía egipcia sobre la fachada del edificio. ¡Tal como señala el acertijo que tenemos! —Perplejo, Antonio se quedó observando el exterior del antiguo templo—. Guau, realmente es una belleza esta obra.

—Si no me equivoco, el edificio fue construido a finales de los años 20 y fue financiado con fondos del Canal de Panamá. Se nota que los gringos que vivían aquí, en los terrenos de la antigua Zona del Canal, estaban muy metidos en el tema para financiar un templo de esta envergadura.

—Increíble, sin duda. Y pensar que en aquel entonces, y así durante casi un siglo, los panameños no podíamos siquiera entrar a esta zona. O sencillamente estar aquí parados, libremente, donde tú y yo estamos, a pesar de estar en nuestro propio territorio. —Al toque, Antonio despierta de aquel sueño histórico y consulta la hora en su reloj— Pero mejor concentrémonos que se nos hace tarde y ni siquiera sabemos cuánto nos falta.

—Vale, revisemos la pista una vez más. ¡Y manos a la obra!

Desde el sitio donde ve el altar el Primer Vigilante, la acacia y los :. te indicarán el lugar de regreso a la oscuridad. Osiris - Isis - Horus.

Ambos acordaron ir en busca de un árbol de Acacia, ya que esta parecía ser la clave más fuerte de la pista. Y para agilizar la búsqueda decidieron revisar el área por separado; arrancando desde la parte frontal del edificio con dirección hacia uno de los costados. Pero al cabo de un rato peinando el área no habían logrado encontrar nada y ya se sentían frustrados.

—Qué va, hermano, esto no está funcionando. Ni siquiera estoy muy seguro de qué es lo que estoy buscando, —gritó Roberto desde el otro lado del edificio—. Quizá la acacia que intentamos rastrear sea algo simbólico. ¿No crees?

—Sí, puede ser... usualmente en La Orden la acacia hace alusión a algo que está enterrado.

De repente y sin previo aviso, el silencio de la noche se rompió cuando ambos amigos gritaron al unísono "¡Lo encontré!"; al divisar, cada quien desde su lugar, lo que creyeron era solo un árbol de acacia. Emocionados, corrieron a su encuentro. Y entonces se dieron cuenta de que cada uno llegó a una acacia distinta. No era uno, sino dos árboles gigantes de esta especie ubicados en cada esquina de la parte trasera del edificio. De inmediato, pasaron de la alegría a un funesto estado de shock. Y quedaron levemente perdidos, otra vez.

—Oh, ¡rayos! —Roberto suspiró profundamente para no sucumbir a la desesperación— Ahora, ¿en cuál de los dos árboles se encuentra la pista?

—¿Y qué se supone que debemos hacer para encontrarla? ¿Cortar el tronco? ¿Cavar? —Antonio puso ambas manos sobre su cabeza intentando pensar con mayor claridad—. Porque ni siquiera contamos con las herramientas para poder hacerlo.

—Esto podría tomarnos todo un día... ¡Vaya mierda!

La dupla masónica cayó presa de la desesperanza. Pero, justo a tiempo, una clara revelación se incubó en la mente de Antonio.

—Espera un momento, Roberto. Creo que estamos perdiendo algo de vista.

—¿A qué te refieres?

—Revisemos nuevamente la pista. El texto claramente indica que, además de la acacia, el símbolo de los tres puntos nos mostrará el lugar indicado. Así que hay algo más que no hemos descubierto aún.

—¡Es cierto! Dentro de la masonería el número 3 es muy importante y está presente en muchas cosas de La Orden. Y seguro que en esta misión no será la excepción.

—Ok... de ser así, fuera de estos dos árboles debe haber un tercer elemento que no estamos viendo. ¿Pero qué será?

Antonio y Roberto miraron al frente, justo en el espacio que había en medio de los dos árboles de acacia durante algunos segundos. Solo entonces lo vieron. Un poco más lejos había un tercer árbol de acacia que, debido a la impenetrable oscuridad de la noche y la distancia, no se veía tan a simple vista. En silencio avanzaron unos cuantos pasos y notaron, gracias a la luz de la luna, que el mismo tenía una rama muy larga y llamativas, llena de hojas y flores. Y ésta daba la impresión de estar apuntando hacia el césped, como si estuviese señalando el escondite de un tesoro muy valioso. Entonces lo descubrieron y corrieron a su encuentro.

—¡Mira el césped! Justo en esta área la superficie del suelo no es igual al resto.

—A ver, déjame alumbrar con mi celular, —Roberto sacó su teléfono e iluminó para revisar—. Sí, ¡tienes razón! Además, la acacia en el tercer grado de la masonería está relacionado con algo oculto que se encuentra enterrado.

—¡La encontramos, Roberto! ¡Muy bien!

—Mejor no cantemos victoria aún, hermanito. Todavía hace falta que desenterremos lo que sea que haya ahí adentro. ¡Y no tenemos cómo!

—Tenemos que conseguir herramientas. —Antonio miró a su alrededor y descubrió una parcela casera en una de las viviendas aledañas— ¡Mira ahí! Fijémonos si hay alguna pala en aquella huerta y comencemos a excavar.

Afortunadamente, o bien producto de la causalidad que había mencionado el viejo Martínez en su última conversación con Roberto, la dupla se hizo con dos buenas palas y se pusieron manos a la obra. Al cabo de un rato ya estaban agitados y muy sudados, pese a que aún no habían cavado mucho, pues ninguno de los dos masones era hombre de faena. Sin embargo, rendirse no era una opción. Principalmente para Antonio, que no podía dejar de pensar en su pobre madre, quien permanecía ajena a todo lo que estaba pasando y en el peligro inminente que pesaba sobre su cabeza, si él no lograba encontrar los documentos a tiempo y entregárselos al grupo de extorsionadores anónimos. O peor aún, si accedía a hacerlo por salvarla entonces sería la masonería panameña la que desaparecería de por vida.

Terriblemente atribulado, el joven cerró los ojos, secó el sudor de su frente con la mano y, por primera vez en toda la noche, sintió el genuino deseo de romper en llanto como un chiquillo desvalido, ya que jamás imaginó que al entrar a La Orden acabaría siendo la víctima de tan complejo dilema. Y justo cuando estaba a punto de quejarse en silencio y sumergirse en el profundo abismo de su mala suerte escuchó claramente un

134.

sonido metálico que lo trajo de vuelta a la realidad. A su lado, Roberto desbordaba de felicidad. Producto de un palazo certero finalmente había dado con algo.

—Vamos, Antonio. ¡Ayúdame a sacarlo!

—¿Pero qué es?

—Creo que es un cofre. —Y desenterrándolo un poco más, con ayuda de las manos— Sí, hermano. ¡Es un cofre! ¡Encontramos una nueva pista!

***

En San Miguel, Augusto seguía sentado en su auto, pero la escena había cambiado por completo. Las luces rojas y azules de una patrulla policial se reflejaban cíclicamente en su cara de pocos amigos. Era evidente que estaba molesto y ansioso por irse. En eso, un oficial uniformado se acercó a compartirle algunas indicaciones.

—Tuvo mucha suerte, señor López. Recibimos una llamada anónima en la subestación, alertándonos de que usted estaba siendo asaltado. Tal parece que alguien le está cuidando la espalda. ¿Tiene idea de quién pudo haber sido?

—Ni idea, señor Oficial.

—Mmm... ¿Y se puede saber qué hacía usted metido a esta hora en un barrio tan peligroso como San Miguel?

—Nada, llegué por error. En realidad quería tomar un atajo, pero agarré una calle equivocada y acabé metido en la cueva del lobo. Y justo cuando intentaba salir, cayeron a asaltarme.

—Bueno, considérese afortunado, buen hombre. Porque eso de que alguien llame para avisar es muy inusual en este barrio. Así que prácticamente acaba usted de volver a nacer. —Guardó silencio, como esperando algún comentario positivo de Augusto que nunca llegó— En estos momentos estamos montando un operativo para encontrar a las personas que intentaron asaltarlo. Ahora vamos a necesitar que nos acompañe para poner la denuncia y darnos una descripción de lo que pasó.

—Tranquilo, no creo que haga falta oficial.

—¿Está usted seguro?

—Sí. No puedo quedarme más tiempo y, al final, afortunadamente el asunto no pasó a mayores. Por favor, solo me indica cómo salir de aquí y quedamos así.

El policía procedió a explicarle, pero Augusto no prestó ninguna atención. Solo atinó a pensar en una de las frases que el oficial le había dicho antes: "Alguien le está cuidando la espalda". Supuso, inevitablemente que a él también lo estaban siguiendo. Y aunque sabía que eso le había salvado la vida, le incomodó muchísimo descubrir que le estaban siguiendo los pasos muy de cerca. Se despidió amablemente, dispuesto a retomar su misión cuanto antes y cuando estuvo a punto de encender el coche escuchó claramente un reporte que provenía de la radio en la patrulla que tenía en frente.

—Atención a todas las unidades: el auto robado que fue visto por última vez en San Miguel acaba de ser ubicado en el área de Balboa, por los alrededores del antiguo YMCA. Fue encontrado estacionado en la calle, por lo que aún no sabemos quién o quiénes manejaban el vehículo.

—Yo sí sé quienes son —dijo con disgusto el Caballero de Colón, apenas entre dientes—. Malditos hijos de puta, ¡me las van a pagar!

Templo del Rito Escocés construido entre octubre de 1928 y noviembre de 1929, localizado en la antigua Zona del Canal utilizado por los estadunidenses de la Jurisdicción del Sur para practicar los grados filosóficos. Foto: Jason Lloyd.

Iconografía egipcia localizada en la parte superior de la entrada del antiguo Templo del Rito Escocés. Foto: Jason Lloyd.

CAPÍTULO 28
LA PISTA
HACIA EL SUR

Con gran esfuerzo, Antonio y Roberto lograron desenterrar el pequeño cofre metálico que habían encontrado. Lo observaron con detenimiento durante algunos segundos, perplejos y aún sorprendidos de haberlo encontrado. Entonces decidieron abrirlo con sumo cuidado. En su interior hallaron un bulto envuelto en un pañuelo negro que tenía impreso el símbolo de una calavera, como las que se ven en las banderas piratas. Retiraron aquel pedazo de tela y descubrieron que se trataba de otro cilindro de vidrio, similar al que Antonio encontró horas antes en la Plaza de Francia. Y contenía una pista adentro. Lo abrieron y leyeron el nuevo acertijo que debían descifrar.

En la columna que marca el mediodía encontrarás aquello que solo descendiendo en lo más profundo de la oscuridad alcanzarás. La plomada te guiará en ese sitio, donde ocasionalmente solemos, frente al océano, trabajar. Hacia el Fuerte G la marcha realizarás y la estrella te indicará el lugar.

—Chuleta, ¡ahora sí estamos en problemas!

—Pero qué exagerado eres, Roberto. Es solo una nueva pista, tan difícil como las otras.

—Ojalá fuese solo la pista… ¡Mira! —Roberto señaló a lo lejos, en dirección al vehículo en el que habían llegado— Hay tres patrullas rodeando el auto que "nos prestó" tu amigo Tito. Oh, rayos… ¡Estaba seguro de que era robado!

—Mierda, ahora sí estamos fritos. Se ha hecho muy tarde y ahora, para rematar, ni siquiera tenemos cómo movernos. —Antonio pensó inmediatamente en una solución—. Rápido, mejor salgamos caminando por esta misma calle.

—¿Estás loco? ¿Y si nos descubre la policía huyendo?

—Ya deja el miedo, ¿quieres?

—Suena fácil decirlo, señor *Terminator*, pero yo sí soy de carne y hueso. Y la última vez que te hice caso casi acabamos muertos. ¡Ahora no quiero ir preso!

—¡Es lo único que podemos hacer en este momento, Roberto! —Y sin pensarlo dos veces, Antonio agarró a su amigo del brazo y juntos comenzaron a andar— Sigamos todo recto por aquí, así atravesamos el vecindario caminando y luego salimos más adelante, a la avenida que conduce al Causeway. Ahí ya veremos cómo podemos salir de este enredo.

—Ay, Roberto Henríquez, ¡quién te mandó meterte en esto!

—¡Baja la voz!

—Ok, tú ganas. Pero, mientras tanto, vayamos resolviendo la pista. —Roberto tomó su teléfono celular para iluminar el texto del acertijo—. A ver, dice: "En la columna que marca el mediodía"... La forma como se trabaja en logia se hace de acuerdo al astro rey: el Sol. Por eso se comienza cuando sale el Sol, esto quiere decir que lo preside el Venerable Maestro; y terminan cuando se oculta el lucero, que es precisamente parte del rol del Primer Vigilante.

—Así es. Y al mediodía toca el descanso, de eso se encarga el Segundo Vigilante. Ese dato va en línea con lo que dice el resto de la pista. Por ejemplo, menciona la plomada, que es la herramienta que utiliza dicho oficial.

—Pero eso del Fuerte G, ¿qué será? —Luego de pensarlo brevemente—. Lo más probable es que tenga algo que ver con la G de Gran Arquitecto del Universo.

—Mira, hasta ahora hemos estado moviéndonos en direcciones relacionadas con las posiciones que ocupan los oficiales. Nosotros comenzamos la búsqueda en el templo de Calle 13. De ahí nos movimos hacia el este y luego hacia el oeste. Lo lógico es que ahora debemos movernos hacia el sur, tomando como referencia estos sitios que hemos visitado.

—Ok, tiene sentido. —Roberto volvió a revisar el texto— Pero aquí dice que la plomada nos guiará a un sitio frente al océano. Entonces debemos buscar un lugar que esté frente al mar y en dirección al sur.

—¡Correcto!

140.

Intentando no ser atrapados, los jóvenes masones llegaron hasta un sitio que se encontraba despejado. Era una suerte de parrillada bar que, para su fortuna, se encontraba cerrada y estaba ubicada sobre la vía a la que había sugerido Antonio dirigirse, llamada Avenida Amador. Ahí Roberto sacó el mapa de su bolsillo y nuevamente trazaron una línea sobre él, ahora hacia el sur, tomando como centro el templo de la Gran Logia de Panamá. E inmediatamente, la recta señaló un lugar en tierra firme que quedaba justo frente al mar. Era precisamente el Causeway, también conocido como la Calzada de Amador, que se encontraba relativamente cerca de allí.

Dicha calzada es un camino sobre el mar de unos 15 kilómetros, aproximadamente, que conecta la parte continental de la capital panameña con tres islas del Océano Pacífico. Fue construido por el gobierno de Estados Unidos en 1913, con rocas que fueron excavadas durante la construcción del Canal de Panamá con el objetivo de conformar un conjunto militar estadounidense que se llamó Fuerte Amador, establecido para proteger precisamente la entrada a la vía interoceánica. Luego, muchos años después, el lugar fue transformado por el gobierno panameño en una atracción turística de la ciudad, cuando estas áreas revirtieron al pequeño país centroamericano, como resultado de los Tratados Torrijos-Carter de 1977.

—Qué suerte, ¡estamos muy cerca del Causeway!

—Sí, pero no tanto como para ir sin carro. Sería demasiado arriesgado. El camino es muy largo y seríamos presa fácil si nos descubre la policía, el gigante asesino o cualquiera de los peligros que nos están acechando. —Antonio cayó de golpe en una gran preocupación—. Me temo que ahora sí estamos atrapados.

—¡Rayos! —Y luego de una milésima de segundo en silencio, el sonido de una música bailable que se escuchaba a lo lejos, captó la atención de Roberto— Espera un momento. ¡Mira!

—Oh, por Dios... ¡No puede ser!

Aquella rumba que venía acercándose a ellos no era más que una de las populares Chivas Parranderas. Se trata de una fiesta itinerante que, generalmente, va llena de turistas y recorre diversos atractivos de la ciudad de Panamá a bordo un antiguo autobús que ha sido modificado en su interior y decorado con pintura llamativa y luces de neón para convertirse en una suerte de discoteca móvil. Y por azares del destino, justo aquel vehículo se acercaba a ellos lentamente, moviéndose en dirección hacia la Calzada de Amador.

—Te das cuenta, Antonio, ¡Martínez lo dijo!

—¿De qué hablas?

—¡La providencia nos ha enviado un medio transporte! ¿O es que acaso no lo ves? ¡Es justo lo que necesitamos!

—Tal parece que sí...

—Mira, yo tampoco sé cómo explicarlo, pero algo o alguien nos está ayudando a resolver esta misión. ¡Y debemos aprovecharlo!

—Bueno, entonces hagámoslo. Cuando esté cerca, ¡abordamos esa chiva parrandera con cuidado y salimos de aquí!

Y así lo hicieron. Ni bien la rumba llegó a una distancia prudente, los jóvenes masones salieron de su escondite y lograron subirse a ella sin imaginar que, a lo lejos y observándolos desde su auto, el Caballero de Colón ya había dado con ellos. De inmediato, el gigante tomó su teléfono celular y llamó a su superior desconocido.

—Maestro, ya los encontré. No se preocupe, la misión se realizará y estos herejes nos darán los documentos que estamos buscando.

—Más te vale, Augusto... ¡Más te vale!

CAPÍTULO 29
UNA AYUDA
INESPERADA

Una vez adentro de la chiva parrandera, Antonio y Roberto sintieron que habían entrado en una dimensión paralela, ya que el entorno festivo era radicalmente distinto al tono general de la peligrosa aventura que protagonizaban y todos los acontecimientos que habían vivido en el transcurso de aquella noche. Al verlos, un grupo de gringas que estaban bailando al ritmo de una buena plena —como también se le conoce al reggae panameño en el argot popular— se abalanzaron sobre ellos y los arrastraron a formar parte del pequeño círculo de hombres y mujeres, que funcionaba como una pista de baile improvisada en el centro del autobús. Y por más absurdo que pudiese parecer, dadas las circunstancias en las que se encontraban, ninguno de los dos se resistió. Aquel par de masones en fuga se entregó momentáneamente a la rumba.

Ambos con cerveza en mano coreaban con fuerza los temas y se meneaban como si no hubiese un mañana. Hasta que, al cabo de unas cuantas canciones, Antonio miró hacia fuera y se dio cuenta de que la chiva ya se adentraba, con aquella flagrante parsimonia con la que avanzaba, por los linderos de la Calzada de Amador. Ahí reaccionó de inmediato, dejó su cerveza a un lado y tomó a su amigo Roberto del brazo para intentar hablar con él al margen de la algarabía del grupo.

—Hey, rápido: Tenemos que ver dónde nos bajamos.

—¿De esta chiva llena de gringas? —preguntó Roberto con gran ironía—. Qué va, hermano: ¡De aquí no me saca nadie!

—¿Te has vuelto loco, Roberto?

—*What's up, guys? (¿Como están chicos?)* —se acercó a preguntarle a una de las chicas estadounidenses, visiblemente defraudada— *Don't want to dance with us anymore?* (¿Ya no

143.

quieres bailar con nosotras?)

—*So sorry, dear. But we have to leave right now. (Lo siento, cariño, pero nos tenemos que ir)* —Luego, Antonio continuó hablando con Roberto— Créeme, a mí también me encantaría quedarme bailando con estas gringas. ¡Y mucho! Pero este no es el momento de rumbear. Concentrémonos en lo que tenemos que hacer y resolvamos esta misión cuanto antes.

—Ok... Tú ganas, aguafiestas. —Roberto respiró hondo y sacó de su bolsillo el papel que contenía el último acertijo — Si estamos en el lugar correcto, debemos descifrar a qué se refiere la pista con ese dato del "Fuerte G".

—Esto solía ser una base militar estadounidense, ¿cierto?

—Sí, pero no toda el área. Por lo que sé de la historia entre Panamá y Estados Unidos, el Causeway era más un complejo militar que construyeron los gringos, pensado en la seguridad del Canal de Panamá. Contaba con dos fuertes: Acá en la entrada estaba el Fuerte Amador y allá al final, donde la calzada une las islas de Naos, Perico y Flamenco, estaba el Fuerte... — Roberto hizo una pausa abrupta y abrió muy grande los ojos— Pero claro, Antonio. ¡Si es lo que estamos buscando!

—¿Qué pasó?

—El otro fuerte que había aquí era el Fuerte Grant. Y ese debe ser justo el "Fuerte G" del que habla el acertijo. ¡Cómo no me acordé antes!

—¡Brutal! ¿Entonces sí sabes para dónde vamos?

—No exactamente. Pero al menos ya tengo una idea de dónde tenemos que bajarnos y retomar la búsqueda.

Hablaron de inmediato con el chofer de la chiva parrandera y averiguaron si podían bajarse a la altura de Naos, la primera de las tres islas ubicadas al final del Causeway. Una vez allí rastrearían el área hasta dar con lo que quedó del Fuerte Grant para encontrar la siguiente pista. Y llegado el momento se bajaron de la rumba y lo intentaron por un rato. Solo que, producto del paso del tiempo, ya nada parecía indicar dónde se ubicaba, antiguamente, la edificación militar que buscaban. La calzada había cambiado mucho. Fue una de las primeras áreas que revirtió al país y pasó a ser administrado por manos panameñas, poco después de la firma de los tratados

144.

Torrijos-Carter de 1977. Entonces, los vestigios de aquel fuerte ya no estaban a la vista. Lo único que Antonio y Roberto podían ver a su alrededor eran construcciones bajas que tenían pinta de haber sido oficinas administrativas, que ahora servían como sede de instituciones ambientales o científicas, nacionales e internacionales.

—¿Estás seguro de que es aquí?

—Bueno, en teoría toda esta zona era el Fuerte Grant.

—¡Al menos sabemos eso! Pero creo que es igual que nada, Roberto. Ahora toca descifrar dónde buscar. —Y elevando su voz al cielo, Antonio gritó como si intentase comunicarse con una fuerza superior— ¿Dónde está el Fuerte Grant?

Y de repente, una voz misteriosa le respondió a lo lejos:

—*Is right there! (¡Está allí!)*

Antonio y Roberto quedaron boquiabiertos al escuchar aquella respuesta en la mitad de la nada. Sorprendidos, los masones se dieron la vuelta. Y lo único que descubrieron fue un pequeño bus de turismo estacionado a cierta distancia de ellos, en la entrada de uno de los edificios. Podría decirse que estaba casi escondido. Tenía las luces apagadas y, a simple vista, parecía que estaba vacío; pero el par de jóvenes estaba muy seguro de que aquella extraña voz había venido de allí. Aunque sentían algo de temor decidieron acercarse al vehículo con mucha cautela. Y cuando estuvieron bastante cerca descubrieron a un viejo norteamericano de aproximadamente 70 años que, tranquila y disimuladamente, bebía una cerveza de marca panameña de lata, sentado en el puesto trasero.

—¿Están buscando Fort Grant, muchachos? —preguntó el gringo en un español pulcro, pero con marcado acento anglosajón—. Está justo ahí.

—¿Está usted seguro, señor? —preguntó Antonio.

—*Of course! (Por supuesto!)* Yo era militar y trabajé aquí muchos años. Todo esto era Fort Grant, pero la sede principal quedaba en ese edificio.

El viejo señaló una de las estructuras que estaba relativamente cerca de ellos. Y en lo que los masones se voltearon para identificar lo que estaba señalando, el *busito* donde estaba el estadounidense encendió el motor y arrancó.

—*Good luck, brothers!* (¡Buena suerte, hermanos!!)

El misterioso ayudante desapareció en medio de la noche y sin dejar ningún rastro. Y Antonio y Roberto quedaron totalmente perplejos y con cara de susto ante la escena surrealista que acababan de experimentar. Luego se miraron entre ellos y corrieron en dirección hacia donde había apuntado el norteamericano.

La Calzada de Amador fue construida en 1913 por el gobierno de Estados Unidos con rocas excavadas del Corte Culebra, como parte del proyecto del Canal de Panamá. El sitio formaba originalmente parte de un conjunto militar estadounidense. Foto: proporcionada por Fernando Paniagua.

CAPÍTULO 30
UN PUNTO
MUERTO

Ya frente a la sede del antiguo Fuerte Grant, los masones entusiasmados cantaron victoria. Pero la alegría duró muy poco. Al toque se dieron cuenta de que, para poder avanzar, debían enfrentar primero una dura prueba.

—Imagino que esta debe ser la entrada. —Antonio forcejeó con la puerta— ¡Pero está cerrada!

—Rayos... A simple vista parece bastante difícil que podamos entrar a la base. Y tiene sentido que la siguiente pista se encuentren adentro, ¿no crees? —Roberto sacó una vez más el pequeño papel con el texto encriptado—. El acertijo habla de descender a la oscuridad para encontrarla. O sea que seguramente debe estar en algún sótano de este edificio.

—Pero no hay forma de entrar y averiguarlo.

Presa de la desilusión, Antonio se desanimó y estalló en bronca —Ah, se acabó... ¡hemos llegado al final!

—¿Qué quieres decir, Antonio?

—¿Eres sordo o qué? ¡Se terminó la búsqueda! Por más que queramos jamás lograremos entrar a una antigua base militar.

Seguro estamos rodeados de cámaras y alarmas.

—Es lo más probable. Pero quizá si intentamos...

—¿Qué? ¿Seguir jugando al súperagente secreto? Ya olvídalo, Roberto. Hemos llegado a un punto muerto. —Y de la rabia, pateó la puerta— ¡Esto es una mierda!

—Cálmate, Antonio.

—¿Cómo quieres que me calme? ¿Ah? ¡Si soy un desastre! He defraudado a La Orden y, ahora, las vidas de Sergio y mi madre están a merced de esos fanáticos religiosos que quieren destruir la masonería panameña. ¡Y todo por culpa de esa maldita Acta!

—Vamos, no seas tan duro contigo mismo.

—Es la verdad. ¡Me dejé llevar por la obsesión de encontrarla!

Con el único objetivo de probar de una vez por todas, que mi tatarabuelo, Ernesto Goti, redactó con su puño y letra El Acta de 1903. ¡Gran vaina! —Hizo una pausa y adoptó un tono más reflexivo— Bien sabes que es la verdad, Roberto. Pequé de soberbio y ambicioso, pero, en el fondo, estaba seguro de que no encontraríamos nada.

—¿De qué hablas? Mira todo lo que hemos conseguido y hasta dónde hemos llegado. No puedes rendirte ahora, Antonio. Además, no estamos solos. Recuerda que cuando demos con el sitio donde se encuentran los documentos o El Acta original, como tú dices, llamaremos a Martínez y él irá con refuerzos a ayudarnos.

—¡Si algún día descubrimos dónde está, claro! ¡Míranos! No somos nadie, no tenemos dinero, nuestra familia no está ranqueada, no tenemos ni contactos políticos, ni a nuestros propios padres les interesamos!

—*Man*, ¿qué es lo que te pasa? ¡Ya deja de lamentarte como un chiquillo! ¿Quieres? —Roberto adoptó un decidido tono de regaño— Eres un tipo inteligente y gracias a ti, o por tu culpa si así prefieres, hemos llegado hasta aquí. Así que deja el drama y usa ese cerebro que tienes, porque aún tenemos que dar pelea. ¡Y debe haber una manera de seguir adelante!

Las palabras de Roberto calaron hondo en el corazón de Antonio, quien, muy en el fondo y pese a la enorme desilusión que lo abrumaba, no estaba dispuesto aún a rendirse. Entonces, miró a su amigo directo a la cara y asintió con un leve movimiento de cabeza.

—Está bien, Roberto... —Antonio suspiró profundamente—. Revisemos una vez más las pistas y el mapa.

—¡Eso!

—Si nos guiamos por los sitios que hemos visitado y lo que me dijo Sergio, estas pistas fueron dejadas por un grupo de masones estadounidenses, ya que a finales de los años 70, los panameños no tenían acceso a estas áreas de Balboa o el Causeway, pues se encontraban bajo el control absoluto de los gringos en aquella época. Y tomando como referencia el sitio donde comenzamos, en el templo masónico de Santa Ana, podríamos pensar que ellos pusieron ahí el primer acertijo a propósito para que algún día los panameños lo encontráramos.

—Seguramente eran un grupo de masones que no estaba de acuerdo con la injusticia que se cometió contra tu tatarabuelo y planearon todo esto para enmendar el daño que los otros masones habían hecho. ¿Ves que algunos sí creen en la rectitud? Como dice Martínez, no juzguemos a La Orden completa solo por unas cuantas malas manzanas.

—Sí, tienes razón. Ahora revisemos bien nuestros pasos. Debe haber algo que aún no estamos viendo.

Antonio desplegó el mapa sobre el suelo y Roberto iluminó con su celular.

—Todo comenzó en el templo de Calle 13, que hemos tomado como el centro. De allí seguimos hacia la Plaza de Francia, en el este; luego al antiguo templo del Scottish Rite, en el oeste y finalmente vinimos al Causeway, moviéndonos hacia el sur.

—Es correcto.

De golpe, al repasar las coordenadas del recorrido que hasta el momento habían hecho, Antonio sintió una corazonada muy grande. Y su rostro se iluminó de felicidad al darse cuenta de que había descubierto algo.

—Un momento. ¿Estás viendo lo mismo que yo?

—No estoy muy seguro...

—Ok, mira la ciudad y los sitios que hemos recorrido. Ahora piensa en ello como si se tratase de un solo templo. Y cada punto al que hemos ido representa un puesto dentro de la logia, solo que el orden en el que nos hemos movido ha sido el opuesto a uno que ya conocemos.

—Oh, por Dios... ¡Tienes razón! Es como el recorrido que hace el profano que aspira a ser masón durante una ceremonia de iniciación... ¡pero a la inversa! Porque en el rito primero vamos al sur donde el Segundo Vigilante, luego al oeste donde el Primer Vigilante, después al este donde está el Venerable Maestro y, para terminar, vamos al centro de la logia para ser juramentados.

—¡Así mismito! Ahora déjame ver las pistas, por favor.

Rápidamente, juntaron los papeles que habían obtenido y Antonio los examinó

—¿Te das cuenta? Cada acertijo hace alusión, de alguna u otra forma, a alejarnos de la luz y dirigirnos hacia la oscuridad, que es precisamente lo inverso que hacemos en el momento de la iniciación.

—¡Es cierto! —Roberto tomó un segundo para pensar—. Entonces, si esta teoría es correcta, la siguiente y última parada tendrá lugar en el sitio más oscuro del templo. ¡Ahí deben estar escondidos los documentos!

—Y la columna de la oscuridad, donde no hay luz ni oficiales y solo existen las tinieblas... ¡es la columna del norte!

Aprovechando que tenían el mapa enfrente trazaron enseguida una nueva línea hacía el norte, con la esperanza de encontrar algo definitivo y relevante. Y gracias a esa teoría lo consiguieron. Dieron con un sitio que, con los datos que ahora estaban manejando, tenía todo el sentido del mundo que fuese lo que estaban buscando. Quedaron helados ante el hallazgo. Y de inmediato, con sus corazones latiendo como un par de locomotoras a mil por hora, llamaron al viejo Martínez para informarle lo que habían descubierto: El punto final de la búsqueda era el Museo de Arte Contemporáneo.

CAPÍTULO 31
ALGO MÁS
QUE UN MUSEO

Faltaba muy poco para que el reloj marcara las 3 am, cuando los masones abordaron el primer taxi libre que encontraron. Tuvieron que negociar la tarifa, porque cargaban poco efectivo y mucha prisa y el conductor, dada la hora y la zona turística donde los recogió, quería cobrarles mucho más de lo que podían pagar. Pero al final, el chofer se apiadó de ellos y los llevó igual; total, se dirigían a un sitio que se encontraba relativamente cerca y él necesitaba esos dólares extra. Aunque no dudó en preguntarle a la dupla si se encontraba "¿todo ok?", al ver en el reflejo de sus ropas sucias y completamente ajadas, los vestigios de aquella noche larga que aún no acababa.

En el camino, Antonio y Roberto discutieron lo poco que sabían del edificio que hoy ocupa el Museo de Arte Contemporáneo, ubicado en el corregimiento de Ancón. Igual era poco y nada, la verdad. Pero al menos habían oído con anterioridad, afortunadamente, que se trataba de un antiguo templo masónico construido hace muchos años por los estadounidenses que vivían en esa área de la Zona del Canal; y no fue sino hasta los años 80 que fue comprado por la institución que regenta el museo para albergar su importante colección. Amparados en ese único dato, y presionados por las pocas horas que les quedaban antes de que amaneciera, guardaban la esperanzan de ir en la dirección correcta. Porque al no haber encontrado la pista escondida en el Causeway sabían que avanzaban a ciegas y a su propio riesgo.

Al poco tiempo ya se encontraban en los alrededores del MAC, como más comúnmente se conoce al museo por sus siglas. Pensando en la seguridad de la arriesgada empresa que estaban a punto de intentar, le pidieron al taxista que no los dejara tan cerca de la entrada, ya que podían ser descubiertos enseguida. Los pasajeros preferían más bien bajarse en la esquina, a unos 200 metros del edificio. Y el conductor así lo hizo, deseándoles buena suerte "en lo que sea que estén haciendo". Allí, ya solos, Antonio y Roberto se quedaron un rato observando con sumo cuidado el área, antes de dar el primer paso. Frente a ellos, el antiguo templo masónico lucía bellamente iluminado. Y aunque relativamente pequeño, pues su estructura solo cuenta con un piso de altura, no se podía negar que su aspecto era imponente. Alrededor no se movía ni un alma. Ni siquiera los grillos cantaban. Nada. Entonces decidieron asumir su destino y caminaron en dirección a la entrada del recinto. Pero, tal como sospechaban, fueron descubiertos en el acto y con las manos en la masa.

—Hey, ¿qué hacen ustedes aquí? —preguntó el celador del edificio, un hombre bajito vestido de uniforme, que salió al paso y lucía mucho más asustado que ellos.

—Disculpe, buenas noches señor. O días, la verdad es que ya ni sé... —Antonio se acercó, sin saber muy bien cómo explicar la situación— Estamos aquí porque... verá, es que nosotros...

—Necesitamos entrar para buscar algo —dijo impulsivamente Roberto.

—¿Algo? ¿Y a esta hora?

—Sí —respondieron los masones al unísono.

—Ustedes saben que no pueden estar aquí, muchachos. Esto es propiedad privada. —El hombre agarró su radio walkie talkie, al ver que ellos no reaccionaban—. Miren, váyanse de inmediato o voy a llamar a la...

De pronto se escuchó un golpe seco y certero, que agarró al seguridad por sorpresa y lo mandó directo al suelo. Antonio y Roberto quedaron inmóviles del miedo. Y acto seguido, muy lentamente, de la profundidad de las sombras emergió una silueta a contraluz, perteneciente al autor del ataque a traición: Era nada más y nada menos que Augusto López, el Caballero de Colón, que sigilosamente había seguido a su presa hasta allí. El gigante tomó de inmediato el fajo de llaves de la correa del celador, que permanecía inmóvil tirado en el pavimento, y se las tiró a los pies de Roberto, que aún estaba en un visible estado en shock.

152.

—¿Qué esperan? Tomen las llaves y vamos a entrar al museo, ¡rápido! —Y agravando aún más el tono siniestro de su voz—. Por su propio bien, más vale que esta vez no intenten nada estúpido si no una vez que me entreguen esos documentos no tendré más remedio que eliminarlos.

Antiguo Templo Masónico de Ancon, localizado en la antigua Zona del Canal utilizado por los estadounidenses. Actualmente es el edificio donde se localiza El Museo de Arte Contemporáneo de Panamá. Foto: Jason Lloyd.

Fachada principal donde se logra apreciar el símbolo de la masonería: la Escuadra y el Compás. Foto: Jason Lloyd.

CAPÍTULO 32
TODO
O NADA

Una vez adentro, el Caballero de Colón le indicó a los masones que consiguieran los documentos cuanto antes. Mientras tanto, él iba a permanecer cerca de la puerta del museo, esperándolos y vigilando el acceso al área. El antagonista prefería así curarse en salud y evitar cualquier sorpresa, en caso tal de que alguien más fuese a llegar. Hasta el momento, perseguir a la dupla no había resultado fácil y no estaba dispuesto a correrse ningún chance, ahora que se encontraba muy cerca de lograr su objetivo.

Ante esta nueva y compleja encrucijada, Antonio y Roberto tragaron muy hondo. Y sin más remedio que obedecer los deseos de su secuestrador se sumergieron en la oscuridad del museo para finalizar, prácticamente a ciegas y sin ninguna clave, esa larga búsqueda que tanto les había costado.

—A ver cómo salimos de esta, hermano —dijo Antonio, apenas susurrando.

—Tranquilo, el viejo Martínez seguro llegará muy pronto con ayuda. Y aunque se está comportando muy raro, en el fondo no creo que el gigante y su clan sospechen algo —Roberto bajó aún más el tono de voz—. Recuerda que usé el teléfono que me dio el maestro para avisarle y ese no está intervenido.

—Da igual, Roberto. Este tipo está en la puerta vigilando. Al menos que el viejo venga con toda una brigada armada y se tome el edificio, cosa que dudo, el gigante es capaz de matarlo de solo un soplido. ¡Mira cómo aturdió al celador! Si es que no lo mató, claro.

—Es cierto…

—-¿Y mientras tanto qué? ¿Por dónde comenzamos a buscar? El lugar es bastante grande y no hay manera de saber dónde podría estar el Acta. Además, esto dejó de ser un templo hace ya muchos años atrás. —Antonio miró a su alrededor, tratando de descifrar cómo era el espacio antiguamente—. Es muy probable que los del museo hayan hecho modificaciones en el diseño original, incluyendo los salones del edifico.

—Tal cual. Y al no haber obtenido la pista escondida en el Fuerte Grant estamos más que en bolas —Roberto se dio cuenta de la dimensión del problema en el que estaban metidos—. Ay manito, ¡estamos bien jodidos!

—Bueno, mantente tranquilo y pensemos. Tenemos que resolver algo pronto si queremos que el gigante no nos mate antes.

—Tengo una idea, ¿por qué no aprovechamos que somos dos y nos separamos para tratar de engañar al gigante?

—¡Estás loco! La última vez que nos dividimos casi te matan.

—Bueno y qué remedio. Ahorita mismo no tenemos muchas opciones, ¿cierto?

—Oh, por Dios. ¡Esto es una locura!

—Cálmate ya y escúchame —Roberto agarró a su amigo por los hombros—. Tú eres mucho mejor que yo con esto de los acertijos. Así que sigue adelante, aprovecha la poca información que tenemos y encuentra tú el Acta. Mira a ver qué hay en el primer piso. Mientras, yo voy a revisar los salones de aquí abajo a ver si encuentro algo. Y ni bien esté en un sitio seguro, donde el gigante no se dé cuenta, intentaré llamar a Martínez para avisarle de la situación.

—¿Y si no funciona?

—Entonces veré qué invento para distraer al matón. Quizá pueda lograr que se mueva de enfrente y despeje la puerta. ¿Ok?

—Uff… —Durante un segundo, Antonio no supo qué responder—. Está bien, Roberto. Pero, por favor, ¡cuídate mucho!

Antonio y Roberto se fusionaron en un abrazo fraterno seguido de un estrechón de manos con el toque secreto de su grado masónico, seguido de esto con un semblante decidido Antonio pronuncio la frase "La pelea es peleando" y se dividieron sin saber si al final de la aventura se volverían a ver.

CAPÍTULO 33
EL TIEMPO
SE ACABA

Con ayuda de su teléfono celular, Antonio subió al primer piso. Estaba muy nervioso, no sabía por dónde buscar. A simple vista todo lo que podía ver eran obras de arte en exhibición, pero el solo diseño de la sala no le decía nada. Entonces, en medio de la angustia, recordó lo último que habían descubierto. Aquella teoría que, justo en ese momento de total zozobra, era la única pista que tenía: Todo el camino que él y su amigo habían recorrido esa noche era similar al desplazamiento que debe hacer un profano durante la ceremonia de iniciación, pero a la inversa. Y, como si una fuerza superior lo invitara a hacerlo, el joven masón cerró sus ojos y, a partir de recuerdos, intentó transportarse a un momento trascendental en su vida: la noche de su propia iniciación.

Mientras tanto, Roberto revisaba uno de los salones del piso de abajo cuando, de pronto, sintió que el teléfono celular estaba vibrando dentro de su bolsillo. Se puso muy nervioso. Primero pensó en qué debía hacer, ya que podía ser peligroso atender. Pero decidió mejor arriesgarse y contestar, ya que seguramente era Martínez quien intentaba comunicarse. Luego miró a su alrededor para confirmar que nadie lo estaba observando y con mucho cuidado sacó el aparato para contestar la llamada.

—¿Aló?

—¿Roberto, me escuchas?

—¿Martínez? No venga para acá, por favor.

—¿Qué dices? ¡No te oigo, muchacho! Soy yo, Martínez.

—¡Hay un matón en la entrada! ¡No venga!

—¿Hola? Qué va, se te escucha muy mal. Debes tener poca señal ahí. Resistan, ya estoy llegando. Nos vemos en un rato.

—¡No!

Roberto cayó presa del pánico. Ahora la vida de Martínez corría peligro y él debía hacer algo para remediarlo. Pero solo vislumbraba dos caminos posibles: salir del edificio en busca de señal para llamar a su amigo o lograr a toda costa que el Caballero de Colón se apartara de la entrada. Y bien sabía que cualquiera de las dos opciones podía costarle la vida.

Por su parte, Antonio estaba en una suerte de trance. Revisaba en su mente el día que pisó por primera vez el templo de Calle 13. Todo lo que vivió y sintió aquella noche de su iniciación volvía a estar ahora a flor de piel: los nervios, el temor y el sonido de las voces de los oficiales, quienes susurraban a su alrededor consignas que él no lograba comprender, mientras avanzaba con los ojos vendados y sintiéndose completamente vulnerable durante el trayecto de la ceremonia. Y a pesar de que aquella vez no pudo ver nada, descubrió que en su subconsciente había quedado grabado a fuego y sangre cada detalle de ese instante.

Entonces vino a su mente el momento justo antes de comenzar su iniciación. Cuando aún era un joven neófito y fue despojado de toda pertenencia material; y lo obligaron a sentarse frente a un pedazo de papel y un cráneo humano para meditar y pensar en lo que iba a pasar, encerrado en un espacio lúgubre y oscuro, apenas iluminado por una simple vela. Se vio nuevamente ahí sentado en la penumbra, rodeado de los símbolos y objetos más extraños que había visto hasta entonces. Y producto de aquel recuerdo tuvo un ¡eureka! Poco a poco, la respuesta se acercaba a su mente. Era ahí donde encontraría la clave, precisamente en el sitio más oscuro del templo, como tanto se mencionaba en cada una de las pistas que había resuelto en el transcurso de las últimas horas. Un dato que se correspondía además con su nueva teoría: si él y Roberto habían estado haciendo una iniciación a la inversa, lo lógico era que la arriesgada búsqueda finalizase ahí...

CAPÍTULO 34
V.I.T.R.I.O.L.

Sigilosamente, Roberto se asomó a la entrada del museo para ubicar dónde se encontraba Augusto, el Caballero de Colón. Y lo que vio no le gustó: el gigante también tenía su teléfono celular en la mano, mientras marcaba un número para contactarse con alguien. Inmediatamente, el masón estalló en cólera. La sola idea de que el villano estuviese pidiendo refuerzos lo hizo enfurecer. Y sin pensarlo dos veces, en un completo acto reflejo, el osado joven abrió la puerta del edificio para intentar detenerlo.

—Hey, pedazo de imbécil, ¿a quién estás llamando?

—¿Tú qué haces aquí? —gritó con enojo el Caballero de Colón— Masón insolente, ¡ahora sí me las vas a pagar!

—Primero me vas a tener que atrapar.

Roberto entró rápidamente y, aprovechando la corta distancia que tenía de ventaja y la oscuridad total del recinto, se escondió en una esquina de la planta baja que estaba relativamente cerca de la entrada y conducía a un pequeño pasillo, el cual no se veía a simple vista. Augusto entró a los pocos segundos, furioso, como alma que se lleva el diablo. Miró en todas las direcciones en busca de su presa. Pero fue en vano, como las luces estaban apagadas, el gigante no lograba ver nada. La densidad de aquella penumbra lo hizo sentir muy vulnerable. Así que buscó cuanto antes un interruptor de luz y encendió, de una sola vez, todas las lámparas que encontró a la mano. Y al hacer esto, Augusto también encendió por error algunos de los proyectores y altavoces que se utilizaban en las salas de exhibición para proyectar las obras multimedia de la muestra que se exponía en ese momento. Curiosamente, el tema de la exposición estaba relacionado con la construcción del Canal de Panamá. Por eso, las paredes se llenaron de imágenes en tema de la exposición estaba relacionado con la construcción del Canal de Panamá. Por eso, las paredes se llenaron de imágenes en movimiento, que mostraban a distintos trabajadores picando piedras con ayuda de mazos. Y a lo interno del edificio retumbó el sonido constante de dichas herramientas moldeando la superficie de las piedras, brotando de los parlantes.

La iluminación en el piso superior del museo también se encendió, lo que sorprendió a Antonio por completo, quien permanecía ajeno a lo que estaba sucediendo abajo, entre Augusto y Roberto. Sin embargo, decidió concentrarse ciento por ciento en su misión. Y con ayuda de la luz, el joven masón tuvo una mejor perspectiva del espacio que lo rodeaba. Entonces, como por arte de magia, se comenzó a transportar por completo en el tiempo y su mente convirtió esa sala del museo en un templo masónico operativo. El piso se tornó cuadriculado, con los colores blanco y negro como un tablero de ajedrez. Luego pudo visualizar la decoración de aquel sitio como solía ser cuando era un templo masónico y cada una de sus áreas, los oficiales, el ara y las columnas. Y así, lentamente fue reconstruyendo el lugar gracias a su imaginación; acercándose poco a poco al valioso tesoro que estaba buscando.

Mientras tanto, abajo, Augusto seguía rastreando a Roberto, como un lobo hambriento que quiere acorralar a su presa. Pero, sin darse cuenta, era él el que estaba en posición de desventaja; ya que el masón se encontraba escondido a sus espaldas. Aprovechándose de eso, y echando mano de un valor que ni siquiera él mismo sabía que tenía, Roberto salió finalmente de aquel rincón secreto que lo protegía. Corrió a toda prisa, pegó un brinco y se abalanzó sobre el Caballero de Colón por la retaguardia; con la esperanza de aplicarle, con el brazo, una llave en el cuello al gigante. Pero el resultado fue muy pobre. Y el grandulón le pegó un certero codazo en la costilla y se lo quitó de encima, como si nada. Ahora había llegado su turno de contratacar.

Antonio se colocó frente al ara imaginaria y meditó. Sentía fuertes pálpitos dentro de su corazón, como una suerte de señal que le indicaba que iba avanzando en el camino correcto. Entonces, se enfocó en su complejo objetivo.

Debía descubrir dónde se ubicaba, dentro de ese edificio, el lugar secreto donde reposaba el Acta. "El sitio más oscuro del templo", escuchó como un susurro en su mente. Revisó los datos que sabía. Y, según la disposición general con la que son diseñados estos espacios de culto masónico, el sitio más oscuro estaba localizado hacia el norte del templo, a su mano izquierda. Antonio se puso de pie frente al ara y mirando al este del templo imaginario, giró su atención a su mano izquierda, caminó en dirección hacia el norte y al llegar inspeccionó cada detalle del área, pero no encontró nada. Se desesperó, pues claramente sentía en su fuero interno que estaba parado en el lugar correcto. Nuevamente tuvo miedo de fallar. Pero ni bien percibió aquel temor invadiendo su corazón, lo doblegó instintivamente y aclaró su mente. Esta vez no iba a permitir que ese sentimiento le ganara, estando tan cerca de encontrar el Acta.

Roberto estaba sin aire, regado en el suelo; cuando Augusto se acercó y lo sujetó de la camisa para levantarlo. El masón reaccionó en el acto y forcejeó con su enemigo, intentando luchar por su vida con las pocas fuerzas que aún tenía. Cuando de pronto, en plena disputa, Roberto logró finalmente ver el rostro del grandulón, ahora que lo tenía de frente. Y el tipo le resultó muy conocido, aunque no sabía muy bien por qué. Reparó durante un segundo en aquel semblante de facciones toscas, tratando de ubicar dónde diablos había visto antes a semejante engendro del mal. Hasta que dio con el recuerdo preciso y logró reconocerlo. Y de golpe, sintió que el corazón se le salía por la boca.

—Un momento, ¡yo te conozco! Tú aplicaste para ser masón. Recuerdo perfectamente que tu aplicación fue rechazada, hace algunos años.

—¿Ah, sí? Pues cuánto lo siento... porque ahora vas a lamentar para siempre el haberme conocido. ¡Idiota!

Augusto golpeó con furia a Roberto en medio del estómago. Luego lo levantó en peso, como si fuese tan ligero como un insecto, y lo lanzó contra la pared que tenía enfrente. Lastimado, el masón intentó pararse tan rápido como pudo, pero fue por el gusto. El Caballero de Colón llegó antes, lo agarró por el cuello y empezó a estrangularlo sin contemplación, decidido a quitarle la vida. El masón resistía el ataque tanto como podía, sujetando las manos de su agresor para intentar zafarse. Pero la fuerza del matón era muy superior. Y prácticamente ya sin energía, Roberto comenzó a desvanecerse.

Como un recurso de último segundo, Antonio volvió a sumergirse mentalmente en el día de su iniciación; para ahondar en el tiempo que pasó aquella vez en el cuarto de reflexión, y así encontrar alguna pista o señal que lo ayudase a conseguir lo que buscaba. Buceó en sus recuerdos y examinó todos aquellos elementos que lo rodeaban en aquella cámara lúgubre, en el templo de Santa Ana. Y justo cuando pensaba que no lo lograba, tropezó con una idea contundente: V.I.T.R.I.O.L. El místico anagrama que vio por primera vez impreso en las paredes de dicho claustro y que había sido creado hace miles de años, a partir de las siglas de las palabras que componen la frase en latín *Visita Interiora Terras Rectificatur Invenies Ocultum Lapidum, que en español significa "Visita el Interior de la Tierra y Rectificando Encontrarás la Piedra Oculta".*

Su corazón se aceleró aún más al descubrir que ahí, en la profundidad de aquella oración, podría estar la respuesta.

Guiado por dicho instinto palpó la superficie del piso bajo sus pies y descubrió que había un pequeño fragmento de la losa muy cerca de la pared, que a diferencia del resto se sentía como si estuviese hueca. Luego revisó a su alrededor y vio en una esquina, como parte de una instalación artística, algo que lo dejó atónito: Había un mazo, símbolo de la masonería, colocado sobre una mesa junto a otras herramientas. Y en su mente escuchó la voz de su amigo Roberto diciendo "Martínez lo dijo: ¡Nada es casual!". Decidido, Antonio tomó aquel instrumento enseguida y se entregó al trabajo sin más dilación. Debía romper el piso, contra viento y marea.

El Caballero de Colón estaba a punto de liquidar a Roberto, cuando el estruendo provocado por los golpes del mazo contra el suelo que provenía del piso de arriba llamó su atención y lo desconcertó por un segundo. Al no entender lo que estaba pasando, el villano se distrajo y aflojó brevemente el cuello de

162.

su víctima. El masón aprovechó la distracción para tomar una gran bocanada de aire y darle una patada en la entrepierna al gigante, dejándolo momentáneamente fuera de combate. Y con el último respiro que le quedaba, Roberto miró a su alrededor y agarró una base de madera que sostenía una pieza de arte, que estaba muy cerca suyo; y se la estrelló a Augusto con furia directo en la frente, derribándolo por completo. Luego se desplomó en el piso, a su lado, aturdido y muerto de cansancio.

Arriba, Antonio seguía rompiendo el piso del museo con todas sus fuerzas. Los pedazos saltaban por todo el cuarto, golpe tras golpe, rodeado por el sonido de los parlantes de los trabajadores martillando, así como las proyecciones de masones operativos en la construcción del canal. Y en su mente, no podía evitar visualizar aquella imagen tan importante para la masonería: la de la piedra bruta, siendo golpeada con un mazo hasta depurarla, que para los masones simboliza la lucha incesante de los seres humanos para eliminar sus imperfecciones. En eso dio un golpe certero y logró traspasar la losa; dándose cuenta de que, en efecto, estaba hueca. La confirmación lo dejó en shock. Finalmente, aquello que con tanto esfuerzo había buscado durante toda la noche podría encontrarse ahí, a sus pies, escondido por antiguos masones operativos hace muchísimos años. Luego se agachó y extendió su brazo con mucho cuidado para palpar qué había dentro del hueco que había cavado. Nervioso y asustado, Antonio introdujo su mano muy despacio y al toque sintió algo. El mundo se detuvo por completo en tan solo una fracción de segundo.

Entonces se tranquilizó tanto como pudo, tomó el objeto secreto y lo sacó de vuelta a la superficie. Se trataba de otro cilindro, igual al resto, con un documento adentro. Sorprendido, se levantó del piso para limpiar el objeto y observarlo con detenimiento. Y cuando estuvo a punto de abrirlo, escuchó la voz de un moribundo Roberto, que lo llamaba desde el piso de abajo. Preocupado por la seguridad de su amigo, corrió de inmediato a su encuentro.

—Roberto, ¿estás bien?

—Sí. ¡qué bueno verte, hermano!

—Pero te ves muy mal. ¿Qué fue lo que pasó?

—¡Me encargué del matón! ¿Y a qué no adivinas quién es?

—Después me cuentas, ¿vale? —Y extendiendo su mano izquierda le muestra el cilindro que había encontrado— Adivina lo que tengo en mi poder.

—¡Oh, guau. Antonio, no lo puedo creer! ¿Ya lo abriste?

—Aún no... Estoy tan ansioso que ni me atrevo.

—Espera. —Y recordando de golpe que había visto a Augusto comunicándose con alguien por teléfono— Mejor salgamos primero de aquí. ¡Y rápido! Antes de que sea demasiado tarde.

Antonio se agachó y ayudó a Roberto a levantarse, cuanto antes. Y ya con el cilindro en su poder, la dupla masónica tomó por el pasillo central del museo y se dirigieron hacia la salida principal. Cuando de pronto, se encontraron de frente con un inesperado recién llegado, justo entrando por la puerta del edificio. Y lo peor de todo, es que era la última persona a la que imaginaban toparse aquella noche.

CAPÍTULO 35
NADA ES
LO QUE PARECE

Súbitamente, Antonio y Roberto quedaron petrificados y muy confundidos ante la imagen que tenían en frente. Quien entró al museo sin previo aviso, era nada más y nada menos que Sergio Fernández, el connotado hermano masón que justo les había encargado la arriesgada misión. Y su sorpresa no era gratuita, ya que, según la información que ellos manejaban, su compañero de hermandad estaba en cautiverio, pues había sido secuestrado horas antes por los infames extorsionadores que estaban detrás del complot religioso en contra los masones.

—¡Venerable! Pero... ¿qué hace usted aquí? —preguntó Antonio.

—¿Está usted bien? ¿Cómo logró escapar?

—Queridos hermanos, ¡qué alegría verlos! Me encuentro muy bien. Más tarde les cuento los detalles. Pero antes... —Sergio reparó en la mano de Antonio que sostenía el cilindro— ¿No me digas, Antonio, que lo encontraste? Por Dios, ¡qué bendición!

Sergio comenzó a avanzar hacia ellos y extendió su mano derecha con la clara intención de que Antonio le entregara el preciado cilindro. Sin embargo, los jóvenes masones presintieron de inmediato que algo muy extraño estaba pasando y retrocedieron por puro instinto de supervivencia, asumiendo una posición en guardia. Después de todas las vicisitudes por las que habían pasado y los obstáculos sorteados no estaban dispuestos a entregar así nada más lo que tanto les había costado.

—No, deténgase ahí, Sergio. Estamos hablando en serio —exclamó Antonio con autoridad, demostrando su determinación y firmeza— Díganos, por favor, ¿cómo logró escapar del secuestro? ¿Y cómo supo usted que estábamos aquí en el museo?

—Chicos, tranquilos por favor. ¿Qué pasa? Soy yo, Sergio, su Maestro.

—No intente manipular la situación. —Le respondió Roberto— Y ya que es nuestro "Maestro", explíquenos con claridad qué está haciendo usted aquí.

—Les juro que todo esto tiene una explicación. Así que no se equivoquen conmigo, hermanitos... —Sergio adoptó un tono que, muy en el fondo, no dejaba de ser siniestro— Y solo entréguenme ese cilindro ya mismo, por favor. A menos que estén dispuestos a sufrir las consecuencias.

Al escuchar aquella última sentencia, el que reaccionó como un engendro creado por un doctor malvado, fue el Caballero de Colón. Visiblemente lastimado, palpando su cabeza producto del gran dolor que sentía, el gigante fue incorporándose de a poco y con gran esfuerzo, intentando levantarse del suelo. Y contrario a todo lo que los jóvenes masones podían imaginarse, al primero que le dirigió la palabra fue a Sergio.

—Maestro, ¿es usted, verdad? —dijo el Caballero de Colón— Reconozco su voz. ¡Es usted!

—Sí, Augusto, soy yo —le respondió Sergio.

—¿Maestro? —preguntó Antonio, sorprendido.

—Diablos... —Roberto llevó sus manos a la altura de la frente, confundido— ¡Pero qué es lo que está pasando!

—Me alegra que haya llegado justo a tiempo, Maestro. —continuó Augusto— Y le pido mil disculpas por haberle fallado en esta importante misión.

—Tranquilo, Augusto, cumpliste con lo que se te había encomendado e hiciste muy bien tu trabajo. —Entonces señaló a Antonio y Roberto— Ahora termina lo que empezaste. Ayúdame a quitarle el cilindro a estos degenerados.

Sergio le extendió una mano al Caballero de Colón para ayudarlo a levantarse. Mientras que Antonio y Roberto, producto de la increíble escena que estaban atestiguando, tenían la quijada en el suelo del puro asombro. Este par de amigos jamás imaginaron el inesperado giro en la trama, en el que se revelaba que el ex Venerable y su hermano de logia trabajaba en contubernio con el gigante. Ahora se encontraban más perdidos que nunca. Sin embargo, Roberto, quien había descubierto con anterioridad quién era Augusto, reaccionó a tiempo. Recordó rápidamente la conexión que él ya sabía que existía entre este nuevo par de villanos y contraatacó de inmediato, desenmascarando a Sergio.

—Un momento, Augusto —y luego señaló a Sergio— ¿Por qué le llamas Maestro? Si fue él quien impidió que te convirtieras en masón.

—¿De qué estás hablando?

—Tienes que creerme, hermano. Tu aplicación fue vista por todos los miembros de la logia. Y fue Sergio aquí presente, al que llamas Maestro equivocadamente, quien se opuso a tu admisión e hizo todo lo posible para que el comité de evaluación rechazara tu aplicación.

—Ya deja tus mentiras, sucio hereje. Él es mi Maestro. Mi superior desconocido dentro de la orden católica de los Caballeros de Colón.

—¿Qué? ¿Usted también está metido en esa orden religiosa? —replicó Roberto, mirando directo a los ojos a Sergio.

—Augusto, no los escuches y haz inmediatamente lo que te ordeno. ¡Quítales ese maldito cilindro ahora!

—No mientas más, Sergio —interrumpió Antonio, al reconocer finalmente a Augusto y comprender lo que su amigo Roberto, minutos antes, había querido explicarle— Lo que dice Roberto es cierto. Sergio se aseguró de decirle a todos en el templo que tú no eras una buena columna. Dijo que él y otros hermanos fueron testigos de un escándalo que hiciste años atrás, en un restaurante de la localidad, cuando estabas casi a punto de ser masón.

—Creo que fue en el Boulevard Balboa, si mal no recuerdo; y estabas en una mesa del local, rodeado con varios de tus amigos del partido, —continuó Roberto—. Pero, según lo que dijo Sergio, empezaste a gritar a los cuatro vientos que tu entrada en la masonería era pan comido. Y que una vez que estuvieses adentro nadie te iba a parar. Pues tu único interés de ser masón era aprovecharte de los contactos e influencias de los miembros más poderosos para escalar a cualquier precio dentro de la política panameña. Esto enfureció mucho a Sergio, quien no dudó en utilizar todo su poder para bloquear tu entrada y lograr que nunca, sin importar lo que hicieses, te convirtieras en masón.

De un solo golpe, el recuerdo de aquella velada infame, invadió la memoria de Augusto por segunda vez esa noche. Y volvió a experimentar por dentro todo lo mal que se sintió en aquel momento al ser rechazado por los masones sin ninguna explicación. E irremediablemente, la confesión de Antonio y Roberto lo hizo estallar de una rabia incontrolable.

—¡Cómo saben ustedes eso!

—Porque estamos diciendo la verdad, Augusto. —Replicó Roberto— Si no, ¿cómo podríamos conocer algo tan específico de tu vida?

—Sí, Sergio es un impostor y te está utilizando. ¡Tienes que creernos!

—¿Es cierto lo que dicen? —dijo el Caballero de Colón, dirigiéndose a Sergio.

—Augusto, cálmate por favor y confía en lo que dice tu Maestro. ¡Quítales ese cilindro de una vez! —Luego cambió de tono, intentando convencerlo al ver que no reaccionaba— Olvida el pasado, ¿quieres? Cumple con tu misión y entrégame esos documentos. Y te juro que, cuando todo esto acabe, tendrás tanto poder a tu alcance, que me agradecerás de por vida por todo esto que he hecho por ti.

—¿Qué? Esto no puede ser... ¡No puede ser! —Enajenado y completamente fuera de sí, Augusto reventó en cólera contra los tres y estaba dispuesto a atacarlos sin contemplación— Sucios masones, ¡me las van a pagar! Ustedes no son más que unos mentirosos y conspiradores. Seguidores de Satanás, ¡púdranse en el infierno!

Y justo antes de que el gigante los atacase, se escuchó la voz de alguien que entraba al museo, tras sus espaldas.

—Pero bueno, ¿qué es lo que está pasando aquí?

CAPÍTULO 36
UNA VICTORIA
AGRIDULCE

Quien llegó finalmente fue el viejo Martínez, amigo fiel de Antonio y Roberto. El octogenario irrumpió en escena acompañado del jefe de la policía y dos agentes armados, todos miembros masones; además de contar con la presencia importante del Venerable Gran Maestro de la Gran Logia de Panamá, que entró de último al museo por seguridad. Ni bien llegaron, los oficiales de la ley sacaron sus armas de inmediato y apuntaron a Augusto, quien fue reducido y esposado en el acto. Luego el anciano se acercó a los jóvenes masones, para constatar que se encontraban a salvo; y se fusionaron los tres en un fraterno abrazo, alegres por el reencuentro y aliviados de que ya lo peor había pasado. Finalmente, el sabio masón se dio la vuelta y centró su atención en Sergio, dispuesto a enfrentarlo sin reparos.

—Vaya, vaya... si es nada más y nada menos, que el gran Sergio Fernández —dijo Martínez, encarándolo con evidente ironía—. Se puede saber qué está pasando aquí.

—¿Qué está pasando aquí? —respondió Sergio, desafiante— Pues te diré toda la verdad, si eso es lo que tanto quieres saber: Pasa que la masonería en Panamá debe ser saneada y yo me estoy encargando de hacerlo, mientras tú y los otros hermanos siguen de brazos cruzados y no quieren hacer nada al respecto.

—Por favor, basta ya. ¡Estás obsesionado con eso!

—Ustedes no se dan cuenta del mal que le están haciendo a La Orden. Los intereses políticos y económicos se han apoderado de la masonería panameña y todo esto se ha convertido en un circo. ¡Por eso hay que acabar con todo y comenzar de cero!

—Estás completamente fuera de orden, Sergio. Esa idea enfermiza de controlar todo va en contra de lo que nuestra fraternidad verdaderamente representa. Además, siempre habrá hermanos que buscarán entrar a La Orden por intereses personales y tú debes aprender a vivir con eso. Cada quien es dueño y responsable de sus actos y debe aprender a trabajar su propia piedra bruta.

—¡No, señor! La masonería en nuestro país, tal y como la conocemos, debe desaparecer y ser rectificada con leyes nuevas y más estrictas para sanear La Orden y expulsar, de una vez por todas, a los interesados que solo llegan a hacer negocios y política. ¡Y eso incluye ponerle un alto a las logias irregulares! Los únicos con plena voz y voto para escoger quién entra o no a La Orden en nuestro territorio, debemos ser nosotros: los miembros de la Gran Logia de Panamá. ¡Y nadie más! Con el distrito norteamericano llegamos a un acuerdo, porque lo entendieron. Pero existen otras jurisdicciones que no quieren respetar nuestra autoridad. Y si no están con nosotros, merecen ser catalogados de irregulares. ¡Bien sabes de lo que estoy hablando!

En medio de la discusión, Antonio y Roberto no sabían muy bien qué pensar. Escuchaban con atención todo aquello que los dos maestros estaban discutiendo, pero no lograban comprender a cabalidad lo que estaba pasando. Mucho menos eran capaces de descifrar, cuáles eran las verdaderas intenciones de Sergio y cuál era su rol en todo este enredo.

—Disculpe Venerable, pero no entiendo de qué está hablando Sergio. —Interrumpió Antonio, muy confundido, dirigiéndose a Martínez— Por favor, ya es hora de que nos expliquen de qué se trata todo esto.

—Ya verás que todo tiene una explicación, hermanito. Ahora, por favor, abre el cilindro para que podamos ver su contenido y entiendas mejor.

Con el corazón en la boca, Antonio cerró los ojos y contó hasta tres para serenarse. Estaba terriblemente ansioso y preocupado por todo aquello que estaba a punto de descubrir, finalmente. Luego procedió, despacio y con enorme cuidado, a liberar el contenido dentro del cilindro.

170.

Pero lo que encontró lo dejó más confundido: Había un sobre con un discreto fajo de actas y documentos muy antiguos y escritos a mano. Nada más. Atónito, miró a su amigo Roberto en busca de alguna reacción o comentario, que lo ayudase a aclarar la situación; pero éste solo le devolvió una simple mueca y se encogió de hombros, ya que tampoco podía comprender qué era lo que habían encontrado.

—¿Y qué es esto? —preguntó Antonio, desconcertado.

—Permíteme, por favor. —Martínez tomó los documentos y revisó su contenido— En efecto, hermanitos: Es lo que sospechaba. Lo que ustedes han encontrado, es la Acta Constitutiva y documentos que prueban el establecimiento, de las primeras logias masónicas que se fundaron en territorio panameño. A diferencia de las teorías inexactas que muchos masones a nivel mundial quieren vender, estas llegaron provenientes de Escocia; cuando, en 1698, un grupo de expedicionarios escoceses arribaron a Panamá, con la intención de colonizar la selva del Darién y fundar allí una colonia, que fue llamada Nueva Caledonia. Pero, lastimosamente para ellos, dicha expedición no fue más que una tentativa fracasada, que trajo enormes pérdidas y críticas repercusiones políticas para el Reino de Escocia. Por eso es que estos documentos son tan importantes, pues cambian por completo lo que se cree de la historia y los orígenes de la masonería en Panamá y el mundo. ¿Recuerdan lo que hablábamos el otro día en mi casa, acerca de la versión oficial?

—Sí —respondieron Antonio y Roberto, al unísono.

—¡Pues tiene que ver con eso! A nivel mundial se niega que la masonería existiese antes de 1717, que fue el año cuando se creó la Gran Logia de Inglaterra. Así que estos documentos no solo probarían que sí existieron logias constituidas antes de esa fecha, sino que también confirma que los escoceses fueron los primeros en traer la masonería a América, al tratar de establecerse en territorio panameño hace más de 300 años. Lo cual tiene todo el sentido del mundo, ya que muchos de esos escoceses que vinieron al Darién a levantar asentamientos, eran constructores que pertenecían a logias masonas operativas.

—¡No te equivoques, Martínez! —refutó Sergio con vehemencia— Que a mí no me importa si ellos fueron los primeros o no. ¡Este es nuestro territorio! Y las logias escocesas establecidas en Panamá, ¡son irregulares! Tienen que respetarnos y estar sujetas a las reglas de la Gran Logia de Panamá. Los hermanos que se inicien con ellos deben hacerlo solamente mediante nuestra aprobación; y cualquier decisión en temas de puestos para oficiales, también deben estar sujetas a lo que nosotros digamos. ¡Punto!

—Lamento decirte que has perdido completamente la razón, hermano. Tú más que nadie sabes que la regularidad, tal y como se le conoce, la determinan Irlanda, Inglaterra y Escocia. Y tú quieres que Escocia, precisamente, se arrodille ante ti. ¡Cuánta soberbia! ¿Cómo puedes decir que un taller, con una carta de Escocia, es irregular?

—Este es nuestro territorio y estamos en nuestro derecho de exigir respeto y ordenar la casa.

—Y estos documentos te harían el camino más fácil para lograr ese retorcido plan que tienes en mente. A ver, déjame adivinar por favor. Con estas cartas en tu poder, pensabas doblegar a la Gran Logia Unida de Inglaterra para que hiciera lo que tú quisieras. Aún más: podrías, incluso, poner de rodillas a la masonería universal si quisieses, con tal de que esta información que desmiente la versión oficial del origen de nuestra hermandad, no saliese a la luz pública. Y luego, con todo ese respaldo de la masonería mundial, tendrías el camino libre para reformar la Gran Logia de Panamá a tu antojo y tener su reconocimiento. Por eso armaste toda esta fachada de la extorsión. Nos amenazaste con divulgar información comprometedora de nuestros hermanos de logia, para obligarnos a batir columnas y desaparecer. Y ya con todo el poder en tu mano, podrías crear desde cero una nueva organización a tu medida. Estoy seguro de que los ingleses y los fanáticos religiosos que son tus aliados en esta locura, verían con buenos ojos que fueras tú la cabeza de esta nueva logia panameña reformada.

—¡Esperen un momento! ¡Deténganse ya! —Interrumpió de golpe Antonio, a los gritos— ¿Y qué pasó con la copia original del Acta de 1903? La que fue escrita a puño y letra por mi tatarabuelo, Ernesto Goti. ¿Qué hay de ese documento? Todo este tiempo pensé que eso era lo que estaba buscado.

172.

CAPÍTULO 37
UN DESENLACE
INESPERADO

Pasado el clamor de Antonio, se produjo un silencio largo e incómodo entre todos. Martínez se acercó al muchacho y colocó la mano derecha sobre su hombro, dispuesto a revelarle una verdad tan molesta como necesaria. Entonces escogió las palabras correctas y le dijo, empleando un tono muy suave:

—Querido Antonio, lamento decirte que tú y Roberto fueron utilizados. Lo mismos que este joven que forma parte de los Caballeros de Colón. Todo esto fue un montaje. Y tú, la víctima perfecta de los planes de Sergio. Piénsalo:

¿quién más que tú para descubrir el paradero de estos documentos? Eres estudioso de los símbolos y el misticismo de La Orden y cuentas con ese entusiasmo que te impulsa siempre a apoyar otros talleres. Y al saber que eras descendiente directo de Goti y que seguramente estabas interesado en el Acta se aprovechó de esa vieja teoría del complot contra tu tatarabuelo para manipularte y lograr lo que quería. Más ahora que se acerca el centenario de la Gran Logia de Panamá. Qué mejor coyuntura que esa para su plan maquiavélico de impulsar una reforma radical de la masonería panameña.

—Y todo este asunto de encontrar los cilindros y resolver los acertijos... Si no fueron dejados para revelar la injusticia contra mi tatarabuelo, ¿de qué se trataba realmente? ¿Cuál es la verdad, entonces?

—Déjame contarte lo que sé de esta historia, Antonio — continuó Martínez—. Actualmente, la primera logia activa en Panamá, de nombre Sojourners, fue originalmente escocesa. Pero, con el tiempo se cambió a la jurisdicción norteamericana. Algunos dicen que los estadounidenses, mientras ocuparon los terrenos de la Zona del Canal, quisieron deshacerse de los vestigios de Escocia en nuestro país. Es por ello que hoy solo quedan algunas logias activas en Panamá, que aún se reportan directamente a la Gran Logia de Escocia; y eso a algunos hermanos, como Sergio, nunca les ha caído bien. Pero no todos pensaban igual, afortunadamente. Fue así que un grupo de hermanos de Estados Unidos, elaboraron hace muchos años este sistema de pistas que ustedes descifraron para que una futura generación de masones panameños pudiese encontrar estos documentos. Y gracias a eso, tuviésemos acceso a la verdadera historia de la masonería en Panamá y el mundo.

Sergio, seguramente, llevaba años buscándolos; solo que para hacer el mal y satisfacer su ambición de poder.

—¡No es cierto! —interrumpió Sergio—. Hermano Goti, escúchame por favor. Sé que lo que hice estuvo mal y lo lamento. Pero no le hagas caso a todo lo que dice Martínez, ¡tú eres un masón inteligente! Saca tus conclusiones y verás que todo lo que hice fue solo por el bien de La Orden. ¡Y eso está por encima de todos nosotros!

Finalmente, el Venerable Gran Maestro de la Gran Logia de Panamá, entró en la discusión y tomó la palabra, para dar su conclusión.

—¡Cómo puedes ser tan cínico, Sergio! Se ve que no sientes ninguna vergüenza, después de todo el daño que le has hecho a estos muchachos. Desde el principio sospechamos que tú estabas detrás de la supuesta extorsión, orquestada por los grupos de extremistas religiosos en contra de nosotros. Pero te dejamos correr, para descubrir cuánto se había corrompido tu corazón y hasta dónde eras capaz de llegar con esta infamia. ¡Pero ya fue suficiente! Te exijo ya mismo que te detengas y, bajo ninguna circunstancia, hagas del conocimiento público esa lista que tienes, con los nombres de todos los miembros de la masonería panameña. Y mucho menos puedes divulgar, esa información tan comprometedora que pensabas usar contra aquellos hermanos nuestros de alto perfil que, valiéndose de sus contactos dentro de La Orden, se han aprovechado para escalar socialmente y establecer vínculos de poder con los corruptos de este país. ¡Te lo pido por favor! A menos, claro, que estés dispuesto a pudrirte en la cárcel unos años.

—Por supuesto... ¡Ahora quieren que me calle! Pero jamás podrán negar que tengo razón. ¡Son tan corruptos como yo! Igual tranquilos, no pasa nada. Ustedes saben que esa información es muy insignificante, comparado con todo lo que sé... Así que está bien, ¡ustedes ganan! Siempre y cuando mi seguridad se garantice. —Luego Sergio miró a su hermano de los Caballeros de Colón, quién permanecía esposado— También quiero que no se levanten cargos en contra de Augusto. Él solo siguió mis órdenes ciegamente, pero no tuvo nada que ver en el desarrollo de todo esto. Así que deben dejarlo ir, si realmente quieren mi silencio.

Todas las figuras allí presentes fijaron su atención en la cabeza de la masonería panameña, a la espera de su crucial veredicto. Comprometerse a dejar en libertad a ambos villanos y, por ende, renunciar a la posibilidad de investigar a fondo al resto de los cómplices y todo el alcance de esta compleja trama internacional, era una decisión muy difícil de tomar. Pero bien sabía que se encontraba entre la espada y la pared. Y al final, debía velar por la estabilidad y el buen nombre de la Gran Logia de Panamá.

—Está bien, trato hecho... —dijo el Venerable Gran Maestro con gran impotencia y respirando profundo, para no perder la calma.

—Muy bien, entonces. La cosa no salió tan mal, después de todo —continuó Sergio, con una sonrisa maliciosa— Me imagino que usted ya sabe que, al menos, conseguimos algo de lo que estábamos buscando.

—¿Cómo? —le preguntó Martínez al Venerable, confundido ante la noticia— ¿A qué se refiere con eso?

—Hemos recibido información de que el precandidato presidencial que es miembro de nuestra logia ha decidido declinar su candidatura dentro de las elecciones internas de su partido; precisamente por temor a que los extorsionadores cumplieran su palabra y esa información que lo compromete saliera a la luz, —aclaró el Venerable—. Ocurrió hace muy poco, pero me temo que ya es oficial. Así que... Eso le hará el camino mucho más fácil al candidato del otro partido que está aupando el Opus Dei y otros grupos religiosos.

175.

—¡Pues cuanto lo siento! —dijo Sergio y estalló en una carcajada malvada— Es una victoria agridulce, pero victoria al fin de al cabo, estimado Venerable.

Molesto ante la ironía sin límites del villano, y faltando ya escasos minutos para que el reloj marcara las cinco de la mañana, el jefe de la policía intervino con firmeza, dispuesto a darle fin a tan truculenta y extenuante velada.

—Bueno, basta ya. Creo que ya hemos escuchado suficiente por hoy. —Entonces se dirigió a Antonio y Roberto— Hermanos, han tenido una noche muy larga y seguramente deben estar cansados. Les pido por favor que acompañen a los oficiales. Ellos los llevarán de regreso a sus hogares. Mientras, nosotros no quedaremos aquí hasta que arreglemos todo esto. Y a ver qué le decimos a la gente del museo, que seguro no demoran en llegar. Además, les pido que bajo la escuadra y por nuestro juramento jamás hagan de conocimiento lo que sucedió esta noche.

Antonio miró a Martínez, como un niño indefenso en busca de aprobación; y el anciano solo asintió en silencio, sin agregar nada más al hondo pesar de su buen amigo. Luego el joven masón dirigió su atención a Sergio, como si fuese a decirle algo muy grave; pero, aunque se sentía muy molesto, solo se limitó a observarlo, demasiado exhausto y harto de todo lo que había pasado, como para reprocharle al conspirador por sus actos. Y al ver que no atinaba a avanzar, Roberto se acercó a su compañero de aventura y le colocó el brazo sobre el hombro, en señal de apoyo. Así salieron juntos del museo, caminando en silencio y cargando a cuestas una terrible sensación de derrota y tristeza, tras la noche más larga e inesperada de sus vidas.

Mapa de la ciudad de Panamá y los sitios en orden que recorrieron los protagonistas: 1.Templo de la Gran Logia de Panamá; 2.Plaza de Francia (hacia el este); 3.Antiguo Templo del Rito Escocés (hacia el oeste); 4.Calzada de Amador (hacia el sur); 5.Antigua Logia Masónica de Ancon, actualmente Museo de Arte Contemporáneo de Panamá (hacia el norte).

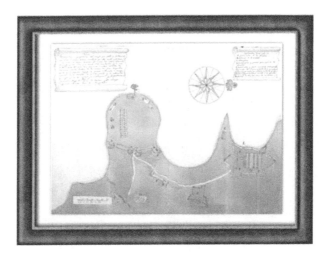

Mapa de asentamiento escocés en Darién, territorio panameño en 1698 llamado Nueva Caledonia. Fuente: Archivo General de Indias Andalucía España.

EPÍLOGO

Siete meses después, los sucesos de aquella extraña noche que Antonio vivió junto a su amigo Roberto habían quedado atrás y solo pertenecían al pasado. Aunque eso no implicaba que el joven héroe de tan inusual peripecia ya se sintiese tranquilo al respecto o, mucho menos, conforme con el desenlace que tuvo la historia. La verdad detrás de aquellos lejanos y misteriosos hechos aún seguía carcomiéndolo por dentro.

Tal y como se pactó entre las partes, no se levantaron cargos contra Sergio Fernández y Augusto López a cambio de su silencio. Además, la mente maestra detrás del complot desapareció por un tiempo; y en los pasillos del templo solo se dijo que había decidido retirarse de forma voluntaria de La Orden para resolver algunos temas personales. Absolutamente nadie cuestionó dicha versión en público ni se volvió a hablar al respecto. Por otra parte, no se supo más nada del temible gigante. Antonio solo llegó a escuchar una vez, a través del viejo Martínez, que se había alejado de los Caballeros de Colon por completo. Y así como apareció en sus vidas de forma repentina, un buen día se desvaneció para siempre.

Con todo aquello aún gravitando en su mente, mucho más de lo que él quisiese, Antonio se encontraba aquella tarde en el balcón de su casa, en compañía de su madre, la señora Lidia. Y aunque él no dijera nada de lo que le pasaba, ella notó enseguida que su hijo estaba distraído y un poco pensativo. Sabía que algo muy fuerte rondaba su mente.

—Mijo, ¿le pasa algo?

—Nada mamá, solo pensando.

—No me mienta, que usted sabe que yo me doy cuenta cuando algo le pasa. —Y al ver que Antonio no respondió— Mmm... Venga, déjeme echarle un tabaco para la suerte.

Colocando el tabaco en la frente de su hijo Antonio, Lidia pronunció una oración en un tono muy bajo y procedió a prender el puro. El apartamento se llenó de humo inmediatamente. Y a medida que soplaba el puro procedió luego a hacerlo con ayuda de una pera de goma, la señora comenzaba a leer lo que en él vislumbraba. Luego colocó canela e incienso sobre el tabaco y poco a poco se fue aclarando y abriendo.

—Mijo, ¡aquí le salen puertas! Le sale muy bonito el tabaco y va a tener una sorpresa. Algo bueno le viene.

—¿Del trabajo, quizá? ¿Un ascenso?

—Puede ser. Pero pronto de algo se va a enterar. Solo quédese tranquilo mi amor, que le va a ir muy bien. Ya verá.

Antonio la abrazó y la besó en la frente, seguido de un "Te quiero". Y movido emocionalmente por ese instante de cariño tan puro, sintió deseos de contarle a su madre toda la verdad que lo carcomía por dentro. Pero cuando estuvo a punto de tomar valor, sonó el teléfono. Era Roberto quien llamaba.

—Antonio, ¿cómo estás? ¿Vas a asistir a la ceremonia de hoy en la Gran Logia?

—No sé, la verdad... Aún estoy muy decepcionado por todo lo que pasó y no sé si valga la pena, realmente. La única razón por la que iría, es por el reconocimiento que le harán a Martínez y él nos pidió que asistiéramos.

—Te entiendo totalmente. Pero pienso que deberíamos ir, Martínez siempre se ha portado bien con nosotros. Y a ti te aprecia mucho.

—Sí, tienes razón... —Luego de una pausa— Esta bien, iré.

—¡Perfecto! Entonces pásame a buscar, porfa, y llegamos juntos. Estaré en la universidad, esperándote fuera de la facultad a eso de las siete de la noche.

**

Horas más tarde, el gran templo de Santa Ana estaba repleto de gente. Los hermanos masones estaban ensacados, cada uno con sus mandiles y joyas, saludándose efusivamente. Y entre ellos estaban Antonio y Roberto, tratando de mantenerse sonrientes, pese a las pocas ganas que tenían de regresar al templo, realmente. Justo una semana antes, Antonio había tratado de buscar la manera de reincorporarse; pero algunos hermanos comenzaron a actuar raro con él, sin mayor justificación aparente. Y por ello, el joven sintió que la influencia de Sergio aún se podía palpar y tenía peso sobre sus hermanos, a pesar de ya no estar presente.

De pronto, se escuchó la voz de Martínez llamando a sus jóvenes amigos. Ellos fueron a su encuentro y lo saludaron muy efusivamente, aprovechando la oportunidad para felicitarlo por su merecido reconocimiento.

—¡Qué alegría verlos, hermanitos! —dijo Martínez, al recibirlos— Hace mucho que no visitaban el templo, por lo que entiendo.

—Bueno, usted sabe Venerable... las cosas no terminaron muy bien que digamos —respondió Antonio.

—Sé que están decepcionados con La Orden por lo que pasó, pero les pido que no generalicen. Yo he pertenecido a esta hermandad durante muchos años y créanme que razones he tenido para marcharme. En todos los grupos hay personas buenas y malas. Incluso les confieso, que conozco a personas que nunca han pisado un templo masónico y son mejores masones que los que están aquí —dijo Martínez con una sonrisa, pero inmediatamente cambió el tono y miró a Antonio y Roberto fijamente— Pero ninguno de ellos son iniciados. Y, para bien o para mal, ¡ustedes sí lo son! Puede que algunos hermanos no entiendan lo que eso significa, realmente. Pero yo sé que ustedes sí.

—Gracias, Maestro, por sus palabras —dijeron Antonio y Roberto, al unísono.

Luego de conversar un rato, el viejo les pidió que lo acompañaran, porque quería presentarles a alguien. Deambularon por el templo y los tres amigos se acercaron a un señor bajito, de rostro amable, afrodescendiente y bastante mayor, que sonrió al verlos llegar. Entonces Martínez tomó la palabra, para introducirlos.

—Por favor, permítanme presentarles a una persona muy importante: él es el hermano Cecil Haynes y forma parte de la logia escocesa St Andrew No.1140, con sede en Panamá.

181.

—Mucho gusto, hermanos —dijo Haynes, extendiendo su mano para saludarlos—. El hermano Martínez me ha contado muchas cosas interesantes sobre ustedes. Es un honor.

—El placer es nuestro, Venerable. —respondió Antonio.

—Haynes es el trabajador más antiguo del canal de Panamá, que aún sigue vivo. —Prosiguió Martínez con la presentación— Por más de 70 años trabajó allí y es una excelente persona. También es la prueba viviente de que no todas las personas que tienen éxito, lo consiguen comprometiendo sus principios o aprovechándose de palancas y contactos. Y créanme que obstáculos tuvo. ¡Muchísimos! Pero ha demostrado que se puede salir adelante con tesón, honradez y trabajo duro. Por eso lo admiro tanto y quería presentárselos, porque pienso que puede ser de gran influencia para ustedes.

—No empieces, por favor... —comentó Haynes sonriendo apenado, luego sacó de su bolsillo una tarjeta y se la entregó a Antonio— Me gustaría que llames pronto a esta persona. Creo que te conviene.

—Pero, ¿quién es? —le preguntó Antonio a Haynes, sin despegar sus ojos de la tarjeta que le acaba de entregar— ¿Y por qué debería llamarlo?

—Solo confía, hermanito.

—Ok... —Y luego sonrió amablemente— Por supuesto, muchas gracias.

***

Una semana después, en una tarde soleada, Antonio llegó a la dirección que le habían indicado por teléfono. Era un edificio de esos altos y modernos, que flanquea la Avenida Balboa, frente a la Bahía de Panamá. Parado frente al intercomunicador, tocó el timbre del apartamento al que se dirigía y, luego de identificarse, lo hicieron pasar de inmediato. Subió al ascensor para llegar al séptimo piso, rumbo al apartamento de "El Doctor". Era todo lo que sabía de la persona que lo recibiría. Y aunque no dejaba de sentirse intrigado y levemente ansioso, al no conocer tampoco el propósito de la visita que estaba realizando, había paz en su corazón. Muy en el fondo, sentía que estaba haciendo lo correcto.

Ni bien llegó al piso y salió del ascensor se topó con un tipo alto de unos 50 años, que lo estaba esperando al final del pasillo. Cuando se saludaron, el desconocido le hizo saber que él era "El Doctor", el mismo con el que había conversado por teléfono días antes, sin revelar nada más de su identidad. Luego cruzaron la puerta del apartamento y pasaron a un cuarto estudio. Ahí, el hombre removió un cuadro que escondía detrás una caja fuerte. Enseguida introdujo la clave, abrió la pesada compuerta y tomó un documento muy antiguo y escrito a mano. Y sin mediar ninguna palabra, se lo entregó a Antonio. El rostro del joven masón se iluminó de inmediato. Finalmente, tenía en su poder lo que tanto había buscado: La copia original del Acta de 1903 hecha a mano, con la auténtica firma de su tatarabuelo, Ernesto J. Goti. El prócer olvidado.

FIN

Cecil Fitzgerald Haynes nació en Gatún, en la Zona del Canal, en 1913. Los padres de Haynes emigraron a la República de Panamá desde Barbados. A la edad de 14 años decidió que quería conseguir un trabajo para ayudar más a la familia, por lo que salió a la Zona del Canal y fue contratado como empleado de oficina después de que insistió y convenció al entrevistador para que consiguiera el trabajo siendo menor de edad.

Haynes fue ascendido y se retiró como especialista en administración de inventarios, después de trabajar durante más de 71 años en el Canal en 1999.

Su Logia Madre fue St. Andrew No. 1140, bajo la jurisdicción de la Gran Logia de Escocia; se unió al Oficio en 1960 y fue un miembro activo de la Logia hasta su fallecimiento físico en agosto de 2012. La Gran Logia de Escocia le otorgó un Certificado de Jubileo (50 años de Vida Masónica) en el año 2010. Fuente: Logia St. Andrew 1140

Reconocimiento al señor Cecil Haynes por parte del Venerable Gran Maestro de la Gran Logia de Panamá, en aquel momento el Doctor Carlos A. Mendoza. Fuente: Logia St. Andrew 1140

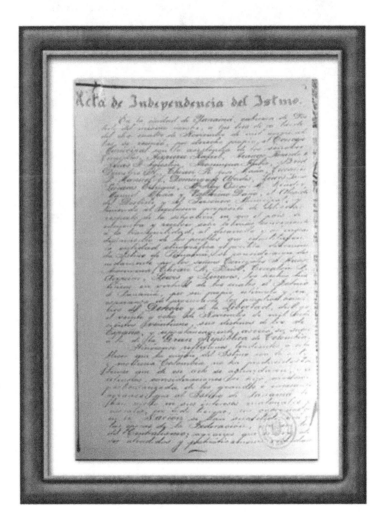

Acta de Independencia del Istmo.

186.

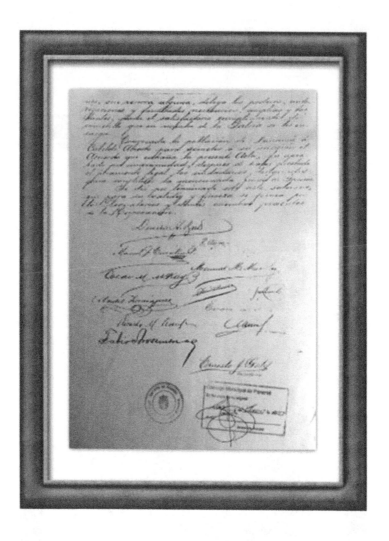

Copia autenticada del Acta de Independencia de Panamá de 1903 escrita a mano y con la firma de Ernesto J. Goti como secretario del Concejo Municipal, que fue entregada a la familia Goti por el doctor Gilberto Medina.

Se puede apreciar la firma de Ernesto J. Goti y comparar la "E" mayúscula con la "E" mayúscula al inicio del Acta de Independencia. No existe en ningún registro oficial, ni del Concejo Municipal ni en Gacetas, prueba de que el documento aquí presentado fuera redactado por el doctor Carlos A. Mendoza. Sin embargo, sí consta el documento oficial con la firma de los miembros del Concejo Municipal y del secretario, quien era el encargado de redactar las actas, además de la Gaceta Oficial del 14 de noviembre de 1903.

188.

En 1969 se dio un acto frente a la estatua de Roosvelt, donde se inauguró un poste con una inscripción conmemorativa por la designación de la calle principal de San Miguelito con el nombre de Don Ernesto J. Goti, primer secretario del Concejo Municipal como homenaje. Actualmente dicha distinción ha quedado sin efecto y en el olvido. Fuente: archivos personales de la familia Goti.

Ernesto J. Goti (1861-1917). Fue empresario, político y prócer. Hizo estudios primarios en Francia y secundaria en Jamaica. Diputado principal a la Asamblea Departamental en representación de la Provincia de Panamá (1898), secretario del Concejo Municipal que proclama la independencia de Panamá de Colombia el 3 de noviembre de 1903 y declara formada la Junta Provisional de Gobierno. Elegido presidente del Consejo del Distrito Capital (1907). Secretario del presidente Manuel Amador Guerrero y secretario de Hacienda. Primer liquidador de impuestos de la Tesorería General de la República (1916). Fuente: Archivo del Concejo Municipal. Investigación: César del Vasto.

BIOGRAFÍA

Amilcar Gotti (o Gothi) es un autor panameño que se ha desempeñado exitosamente en el área hotelera desde muy joven, ocupando diversos cargos gerenciales en posiciones nacionales e internacionales. Siendo adolescente incursionó en el arte participando en obras de teatro y en la música como cantautor. En 2001 se inició como masón y ha tenido la oportunidad de participar activamente ocupando diversos cargos en logias de diferentes jurisdicciones en Panamá y en el extranjero. En 2020 durante la pandemia se sentó a escribir su primera novela, la cual siempre tuvo en mente desarrollar. Requirió una pandemia mundial para tener el tiempo y voluntad para desarrollar *Los secretos del Acta* en la que por medio de este género realiza una historia de ficción donde plasma hechos inspirados en sus propias vivencias basado en hechos reales que dan pie a una obra mágica e iniciática con el propósito de despertar en el lector la curiosidad y su apetito por la búsqueda de la verdad.

Made in the USA
Monee, IL
17 May 2024

58425001R00108